KB054760

떠나보자, 저 끝 묻지 말고

떠났지. 편안함 찾아… 나를 찾아서

김 재 봉

멍 때리기 그저
도시 탈출
모든 것 버리고 나를 찾는
그 편안함

마음의 힐링 넘는
치유의 평화로움
나를 온전히 찾아 떠난다
잊어버린 나

그동안 나는 없었지
이제 따뜻한 가슴으로
꼭 껴안아 줄 그 아픈 나
저 에머랄드 바닷가

소망의 탑을 쌓고
소리없이 기원해 보지만
나는 아파서
내가 누군지 모르기에

떠났지. 편안함 찾아…

책이라는 제한된 공간에 다 올리지 못한 블로그 내용은 "떠나보자, 저 끝 묻지말고 우리 문화유산 여행(서울 · 경기도편)" 책과 "우리 문화유산 여행" 블로그를 같이 참조 하시면 사랑스런 가족들과 우리 문화유산 여행을 다닐 때 많은 도움이 되실 것으로 생각됩니다.

떠나보자, 저 끝 묻지 말고

우리 문화유산 여행 서울·경기도편

김재봉 사진 · 글

정은출판

우리가 지켜 나가야할 소중한 문화유산

머리말

지금부터 25년 전 1994년 우연히 TV를 보다가 충주 미륵사지 문화유산을 소개하는 프로그램을 보게 되었다.

그전까지는 여행을 다닐 때 그저 그렇게 대충 다녔는데 미륵사지 문화유산 소개 프로그램을 보고 나서는 여행을 가기 전 사전 정보를 준비하거나 공부를 하면서 이 문화유산 여행을 시작하게 되었다.

아는 것만큼 보인다고 문화유산을 공부하고 다니면서 그 즐거움은 배가 된다는 것을 알고부터 25년간 시간만 나면 전국을 다니기 시작하였지만 몇 가지 아쉬움은 끝내 부족함으로 남아 있었다.

그 아쉬움은 첫째 문화유산 정보가 그리 많지 않았고, 둘째 문화유산 소개가 너무 어렵고 난해한 용어로 설명되었고, 셋째 문화유산 글만 있다 보니까 문화유산 실물을 못 보아서 글을 읽어도 바로 피부에 와 닿지 않는 부족함이 늘 있어왔다.

그렇게 아쉬움을 느끼면서 23년을 다니다가 정말 우연한 기회에 블로그를 접하게 되면서 이 일이 시작되었다.

영원한 동반자 나의 박순옥님께서 부엉이 소품을 즐거움으로 수집하기에 부엉이 소품을 혼자 감상하지 마시고 블로그에 포스팅 하라고 조언을 했는데 박순옥님은 나보고 올려 달라고 하여 블로그를 개설하고 그게 문화유산 여행의 시작이 되었다.

이왕이면 우리 문화유산 답사 글도 올려 그동안 아쉬움을 느꼈던 문화유산 답답중 세 가지를 모든 분들과 소통하기 위하여 2017년 5월 5일부터 블로그 "우리 문화유산 여행"에서 "우리 문화유산 사랑 부엉님"으로 포스팅하는 계기가 되어 오늘 책으로까지 출판하게 되었다.

책을 출간하면서 또 다른 아쉬움은 블로그처럼 많은 사진과 간략한 설명 글을 책이라는 한정된 공간에 다 올리지 못하는 한계에 봉착하여 또 다른 부족함으로 남아 있다.

그러나 제한된 공간에 우선 서울, 경기도편 문화유산 중에서 중요한 것 위주로 선별하여 소개하고 문화유산 장소의 가장 중요한 내용만 선택하여 책으로 출판한 점은 또 한편으로 부끄럽고 많은 정보를 전해 드리지 못하는 죄송스러움도 있다. 하지만 여러분들의 응원으로 우선 1편 서울·경기도편을 출판하고, 독자들의 응원으로 2편 충청·강원도편, 3편 전라도편, 4편 경상도편까지 모두 마무리 할 계획으로 있다.

이 책이 출판되기까지 수고해 주시고 응원해 주신 정은출판 노용제 대표님과 서용석 기획실장에게 먼저 감사드리고 옆에서 묵묵히 응원해 준 나의 박순옥님 그리고 아들, 딸에게도 진정으로 감사의 마음을 전하고 싶다.

우리나라는 전 국토가 야외 박물관이다.

독자님들의 우리 문화유산 사랑을 진솔하게 부탁드린다.

우리 문화유산 사랑 부엉님 김재봉 올림

| 차례 |

Part 1. 우리 문화유산 서울편

Part 2. 우리 문화유산 경기도편

우리문화유산

서울편

Our
Cultural
Heritage

봄 벚꽃놀이 환상의 꿈

창경궁

옥천교 위에서 바라보면 명정문과 명정전이 약간 중심축이 틀어져 있다. 자연스런 지형을 유지하고자 공간과 시각 효과를 이용한 건축 기법으로 선조의 지혜가 엿보인다. 경복궁과 창덕궁은 정전 앞 정문에 이르기 전에 중문이 하나 더 있는데 창경궁은 옥천교 건너면 바로 명정문으로 법궁보다 궁궐의 격이 한 단계 낮다는 의미를 내포하고 있다.

관천대(보물)

연당
통명전 옆 우물에서 샘솟는 물이 연당에 모이고
다시 명당수 같이 월대 앞을 돌아 나간다.

월대 위에는 드므

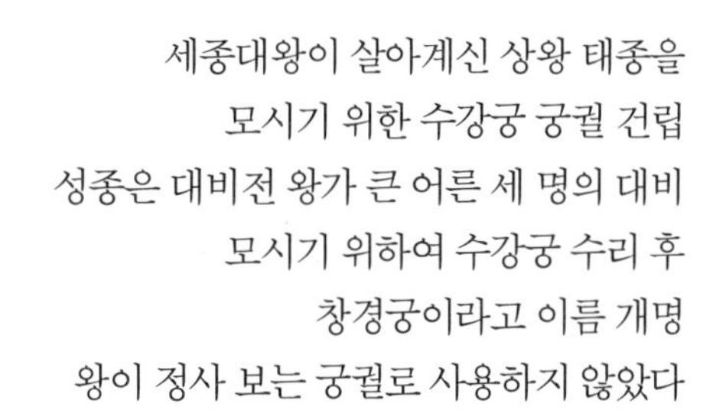

세종대왕이 살아계신 상왕 태종을
모시기 위한 수강궁 궁궐 건립
성종은 대비전 왕가 큰 어른 세 명의 대비
모시기 위하여 수강궁 수리 후
창경궁이라고 이름 개명
왕이 정사 보는 궁궐로 사용하지 않았다

일제시대
순종을 위로한다는 명목으로 창경궁
싹 쓸어버리고 동물원과 식물원 개원
이름도 창경원으로 격하
조선왕조의 상징 궁궐을 유린했다

창경원 야간 봄 벚꽃놀이
서울 시민의 대표적 유원지로 전락
어린 시절 소풍 등 추억어린 동경 장소
철모르고 뛰고 뒹굴었다
조선왕조 상징 궁궐. 아무것도 모르고
누구의 잘못인가?

1984년 과천서울대공원 설립하여
창경원 내 동물원 옮기고 복원 시작했다
일본의 꽃이라고 벚나무 싹둑
그 벚나무 살려 두었으면 어땠을까
봄 벚꽃놀이. 환상의 꿈…

창경궁의 정전 명정전(국보)
경복궁과 창덕궁 정전은 중층 구조인데 명정전은 단층 구조이고 또한 다른 궁궐은 남향인데 명정전 동향인 것은 별궁이기에 가능하였다.

창경궁 정문 홍화문(보물)
대부분 궁궐의 정문은 남쪽 문인데 홍화문은 동쪽 문

통명전(보물)
왕비의 침전이기에 지붕에 용마루 없는 무량각 건물이다.
통명전 편액은 순조의 어필이다. 숙종 27년 장희빈 사건(무고의 옥)으로 장희빈 폐비되어 사약을 받고 죽는 스토리가 있는 장소

용상 뒤에는 일월오악병 설치되어 있다.

옥천교(보물)
두 개 홍예 구조로 가운데 사악한 것 방지하기 위해 귀면을 조각하여 설치하였고 궁궐 중 유일하게 금천 밑으로 춘당지에서부터 물이 흐르고 있다.

함인정

양화당

숭문당

환경전과 경춘전

문정전 | 왕이 신하들을 접견하고 정사를 보는 편전으로 정전과 구분하여 격을 다르게 하고자 사각 기둥으로 건축함. 문정전 앞 마당에서 사도세자가 뒤주에 갇히여 비극적인 삶을 마감하였다.

성종 태실 및 태실비

답도

팔각 칠층석탑(보물)
일제시대 이왕가박물관을 건립시 중국 상인에게 구입한 중국 탑인데 공주 마곡사 석탑과 비슷한 원나라 당시 라마교 영향을 받은 탑 형식이다.

향나무(수령 약 200년)

일곱 여인 한(恨) 맺힌 묘당

칠궁

칠궁(七宮) (사적) | 조선왕조 역대 왕이나 추존된 왕을 낳은 친모 중, 왕비가 되지 못하고 후궁이었던 일곱 여인들의 신위를 모신 묘당(사당). 앞에는 말이나 가마에서 내릴 때 사용하는 노둣돌(하마석)이 있다.

경복궁 뒤 청운동 무궁화공원 안에
청음 김상헌 집 터 있고
공원과 청와대 사이에 끼어서 간신히
살아 남아 있는 칠궁(七宮)

조선시대 역대 왕 또는 추존된 왕 낳은
왕비가 못되고 후궁이었던 여인들
그 일곱 분 신위를 모신 사당 칠궁 묘당

숙종의 후궁 영조의 친모 숙빈 최씨를
조선 제21대 영조 원년에
무수리 출신 어머니 한을 안고 모신
숙빈묘 건립, 나중에 육상궁 격상 묘당
그 후 다른 곳 따로 계셨던 여섯 분
차례차례 육상궁 모여 칠궁이 되었다

조선왕조의 왕비가 되지 못한 것도
슬픈 여인의 숙명인데
후궁이기에 종묘 들어가지 못한 여인
남편과 떨어져 홀로 있었기에
얼마나 많은 한(恨) 맺히어 있었을까
다만, 왕의 어머니로 만족해야 했다

그래서 애처롭고 외로워서
일곱 여인 서로 뭉치어 이곳에 계신가
한(恨) 맺힌 곳인데…

경우궁과 선희궁

대빈궁 | 장희빈은 유일하게 왕비까지 올랐다가 다시 폐비되는 바람에 그래도 한때 왕비였기에 대빈궁만 유일하게 네모 기둥이 아니고 둥근 기둥이다.

중문. 묘당

외삼문

삼문

수복방

이안청

자연(紫淵) 연못

냉천정(冷泉亭) | 영조가 어머니의 제사를 준비하고 휴식을 취한 장소이다. 영조는 재위 기간 중 무려 200여 차례 이곳을 방문하여 어머니에 대한 그리움을 달래고자 하였다.

육상궁 및 연호궁

삼문

저경궁

송죽재와 풍월헌

냉천정(冷泉亭)

외삼문

내삼문

상궁

연호궁

송죽재

조선왕조를 "이씨 왕가"라고

창덕궁

창덕궁 정문 돈화문(보물)
돈화문 정문은 5칸인데 좌우 한 칸씩은 벽처럼 막혀 있다. 황제의 궁만 5칸, 중국의 제후국 3칸으로 관례 있기에 협칸 형식으로 막히게 만들었다.

한양 천도 후 태종 5년 궁궐 완공
법궁 경복궁과 함께 양궐체제 완성한
이궁 창덕궁(昌德宮)
"덕의 근본을 밝혀 창성하라"

법궁 경복궁 약 270년 폐허로
실제 약 250년 사용하고
이궁 창덕궁 약 520년 궁궐 기능 수행
조선왕조와 운명을 같이한 궁궐
그 중심 무대가 바로 창덕궁이었다

창덕궁과 후원 영역 그리고 낙선재 포함
사적 창덕궁으로
그리고 유네스코 세계문화유산 등록
지금 우리 앞에 당당히 서 있다

그런데 원래 창덕궁, 창경궁, 후원 일원
동궐이라 불리었다
지지고 볶고. 일제에 의해 다 망가진 후
정비 복원하여 처연히 서 있는 것
그런데 일본은 말이 없다

오늘 일본 관광객에게 해설하는 가이드
이씨 왕가.라고 설명한다
가이드 자격증 회수하고 싶지만
일본말이 잘 안되어… 슬프다

진선문

용마루 꼭대기에 오얏 꽃(오얏 李씨) 문양은 대한제국의 황실 문양으로 쓰인 것이지만 일제가 조선왕조를 이씨 왕가 즉, 귀족가문으로 격화시켜 인식하고자 한 사례 중 하나이다.

금천교와 진선문 | 돈화문에서 들어와 직선이 아니라 직각으로 꺾이는 구조는 특이하지만 지형을 인위적으로 조성하지 않고 자연상태를 그대로 활용한 궁궐 구조임

대조전도 경복궁 교태전처럼 용의 상징인 임금이 대조전 침전을 사용하기에 지붕에 용마루가 없다.

대조전 부속 건물인 경훈각

인정전(국보) | 이곳은 1910년 한일합방 조약이 체결된 비운의 장소이다.

행각 형태인 행랑

대조전(보물)

법전 안에 전돌 대신 마루 바닥이고 또한 커튼과 샹들리에 조명기구 등 변형된 느낌인데 대한제국 말 개조된 것이다.

역대 임금의 어진을 모신 구 선원전 영역

선정문

선정전(보물) | 임금의 집무실인 편전인데 우리나라 궁궐 전각 중 유일하게 청기와 올린 지붕 건축 형태이다.

궐내각사 복원시 여러 전각 복원 중 규장각 건물

"調和御藥(조화어약)" "保護聖躬(보호성궁)"
"약을 잘 지어 임금 몸을 보호한다"는 의미

희정당은 1917년 화재로 소실된 것을 경복궁 강녕전을 이전하여 1920년 중건한 것으로 지붕의 동서 합각벽에 길상문 康(강)과 寧(녕) 글씨가 새겨져 있어 확실한 증거를 나타냄

희정당(보물) | 남행각 앞도 마차나 자동차가 들어오게 현관처럼 만들면서 위에 누각을 씌워 비를 맞지 않도록 만들었다.

한양. 조선왕조 법궁

경복궁

경복궁 정문 광화문

경복궁 창건시 남쪽 문 오문이었다가 세종 때 광화문 이름 얻었다. 원래 광화문 앞 약100m 쯤 당시 사헌부 앞에 있었다. 관악산 화기를 누르기 위해 해치상 건립은 설 뿐이고 궁궐을 출입하는 관료들에게 경계하는 마음과 시시비비 사법기관 사헌부 상징으로 세웠다.

고려의 수도 개경에서 건국한 조선왕조
새로운 왕조에 걸맞는 수도 필요
내사산 주산 북쪽 백악 안산 남쪽 목멱
동쪽 타락(낙산) 서쪽 인왕 감싸 안은 곳
한양 도읍지 정했다

그곳에 궁궐을 지었고
시경편
"이미 술에 취하고 이미 덕에 배불렀으니
군자는 만년토록 큰 복을 누린다"에서
경복(景福)을 정도전 올리니
조선왕조 법궁 경복궁(景福宮)

태종 창덕궁 건립 양궐체제 갖추고
세종 때 비로소 경복궁 완비된 궁궐 완성
그러나 임진왜란 모든 것 불타고
무려 273년 폐허지로 남아 있다가
고종 때 흥선대원군에 의하여 돌아왔다

조선왕조 망했다. 일제 조선총독부 건립
경복궁 사방팔방으로 찢어발기어
일본 개인집, 사당, 사찰 등으로 팔려나가
조선왕조 법궁 1/10 쪼그라들었다

다시 힘겹게 일어나 간신히 앉아
외국 관광객 맞아 매우 분주한 것 같지만
좌불안석… 생각이 깊다.

흥례문

근정전

사정전 | 국왕의 일상적 업무를 보는 편전

자경전(보물)

경복궁의 법전 근정전(국보)

근정전 내부 용상
천장 중앙에 제왕을 상징하는 두 마리 용 조각 일반적으로 제왕을 상징하는 용의 발톱이 5개인 오조룡인데 이곳 근정전은 황제만 사용하는 7개 칠조룡(七爪龍)이 조각되어 있다.

근정문 아래 답도(봉황 무늬)

화계에는 각종 꽃과 나무를 심었고 일영대. 월영대 낙화담(落霞潭), 함월지(涵月池) 상징물 세웠다. "노을이 떨어지고 달빛이 잠긴다" 운치 있다.

사정전 내부

세 발 가진 솥. '정(鼎)'

강녕전 뒤 어정

왕의 침전 강녕전 | 강녕전 앞에는 넓은 월대가 있어 공식, 비공식 왕실 사적인 행사가 진행되었고 강녕전에는 지붕에 용마루 없는데 용의 상징인 임금이 있기에 없다.

경회루(국보) | 태종 때 최초로 건립, 완성. 주로 사신을 접대하거나 공신들과의 연회 장소로 영빈관 역할. 민흘림 돌기둥 총 48개의 열주.

근정전 영역 행각의 열주

교태전 뒤 화계(花階) 아미산(보물)

자경전 꽃담

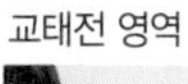

교태전 영역

조정 중앙에 삼도(三道). 가운데 넓고 높은길 어도(御道) 양쪽으로 동쪽 문관 서쪽 무관의 길이다.
그 옆으로 품계석 동쪽 문관 서쪽 무관으로 "양반" 명칭 유래되었고 바닥에 박석(薄石) 깔려 있다.

속계와 불계 경외로움

삼천사 마애여래입상

삼천사 전경

구파발에서 북한산 국립공원 입구 쪽
진관동 진관사 가는 방향에
삼천사 들어가는 곳 북한산 타고 오르면
현 삼천사 병풍바위 정 중앙에
삼천사 터 마애여래입상 계신다

높이 약 3m 고려시대 마애불
조각된 바위면에 채색 흔적이 남아 있고
여러군데 네모진 구멍 흔적
아마 목조 건축 설치되어 있었을 것 추정
즉 전각이 있었던 것 같다

예전에 북한산 계곡물이 마애불 바로 앞
흘러내리고 깊은 소(沼)도 형성되어
속계와 불계가 서로 떨어져
경외로움과 아쉬움이 있었는데
지금 복개하여 중생들 절하는 공간으로
물 맑은 계곡은 어디에도 없다

원래 옛 삼천사 터는 북한산 정상쪽으로
약 30분 정도 올라간 부근에 있는데
수풀만 무성하게 남아 지금 삼천사 불사
정말 곱지 않게 바라보고 있다

글쎄 삼천사 계속된 불사 어쩔수 없지만
저 복개된 화강암 단은 전부 복원하여
계곡물과 깊은 소 다시 볼 수 있기를…

천태각

삼천사터 마애여래입상(보물)
현재 삼천사 대웅보전 뒷편 병풍바위에 약 3m의 고려시대 마애여래입상이 각인되어 있고 마애불 위의 큰 바위가 마애불 보개(寶蓋) 역활을 한다.
조각된 바위면에 채색된 흔적이 아직도 일부 남아 있고 마애불상 어께 높이 위에 사각구멍 흔적이 있어 원래 목조 시설물이 설치된 것으로 추정된다.
아마 마애불을 보호하는 전각이 있었던 듯하다.

원래 삼천사는 현재 삼천사에서 약 30분 가량 더 북한산 정상으로 올라가면 예전 삼천사 절 터가 나온다. 지금은 석편들만 여기저기 흩어져 있을 뿐이다.

정조의 꿈 낙엽 되어 뒹굴고

동궐 후원

후원(後苑) 부용지 일원
일제시대 비원(秘苑)이라 불리었다. 원래 동궐(창덕궁, 창경궁, 후원 일대)의 북쪽 정원 영역이었는데 일제시대 비운으로 창덕궁, 창경궁 사이에 담을 쳐 둘로 나뉘었다. 약 9만여 평의 구릉지대에 역대 왕들 약 100여채의 누각과 정자를 지었는데 지금은 약 1/4만 살아남아 있다.

한양 북한산과 응봉 자락 잦아드는 곳
동궐. 창덕궁과 창경궁 뒤 북쪽
한때 비원(秘苑) 불리었던 후원(後苑)

우리나라 전통 정원의 국가 대표급 정원
약 9만여평 산자락 구릉지대에
차경(借景) 우리나라 고유 건축기법으로
한때 약 100여개 누각과 정자 흩뿌려
현재 약 1/4만 살아남아 있다.
그래도 서울 도심 한복판에서 서울 없다
깊은 산속 자연에 와 있기에

후원은 왕과 왕세자, 왕실가족의 휴식처
왕의 친경 및 왕비의 친잠례 행사 등
역대 국왕의 사랑을 듬뿍 받던 궁중정원
글을 읽고 학문을 연마하며 수많은
시와 글이 탄생한 궁중 문화의 산실

정조. 후원에 규장각 세우고
조선의 르네상스를 꿈꾸던 그 "정조"가
가장 사랑하던 후원이었다
그의 꿈. 단풍들어 한창인데 그 "꿈"은
낙엽 되어 저 찬 바닥에 뒹굴겠지
조선 "르네상스 꿈" 사라졌다.
그 꿈 다시 살리기에 지금 더욱 멀어져
그냥 집으로… 낙향한다.

주합루의 정문 어수문(魚水門)

소요정

부용정 오른쪽 건물 “사정기비각”은 숙종 사정기(四井記) 비석 보호각. 세조 때 찾은 4개의 우물을 사용하다 병화 등으로 인하여 2개 없어지고 2개 남아 있는 것을 보수하여 숙종이 기념비를 세운것

애련지 위 애련정
애련, 연꽃을 사랑한다. 중국 송나라 주돈이의 “애련설”에서 유래 숙종 18년 건립함

정조는 달밤에 신하들과 시를 주고 받으며 뱃놀이를 즐겼다고 하는데 실제로 “동궐도” 지도에도 배 두척이 그려져 있다.

농산정

관람정

취규정

청의정

기오헌과 운경거 "금마문" | 효명세자가 공부하던 곳으로 순조 27년 대리청정하면서 개건한 건물로 당시에는 의두합이라 했다. 또 다른 문예부흥 일으킬 효명세자 일찍 죽었다.

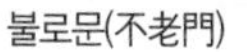

불로문(不老門)

농수정

존덕정
앞에 해시계 받침 일영대 있고 정자 내부 현판에 "만갈래 시내와 강을 비추는 달과 같은 존재"라 만천명월주인옹자서. 정조의 탕평책 실패로 인한 죽음의 한 원인(?) 비원(悲願)이 서려 있는 정자.

연경당 | 우리 전통 건축의 중요한 양식을 잘 표현하고 있는 건물로 우리나라 주택사 연구에 좋은 표본이 되는 연경당(사랑채 명칭) 궁가 건물

종묘에 없는 광해군 중건 아이러니

종묘

종묘(사적)

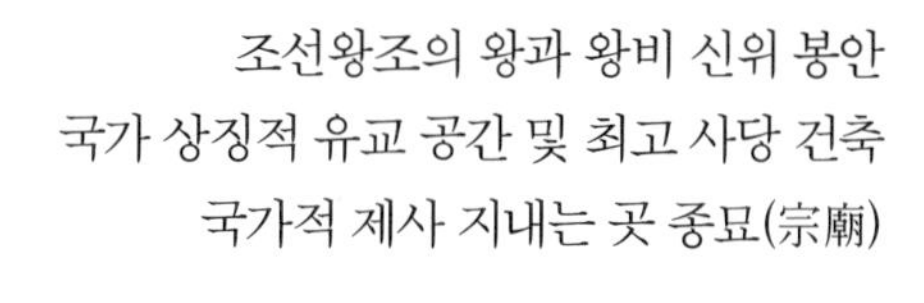

조선왕조의 왕과 왕비 신위 봉안
국가 상징적 유교 공간 및 최고 사당 건축
국가적 제사 지내는 곳 종묘(宗廟)

조선왕조의 기틀을 세우기 위하여
가장 먼저 세운 건축물
유교적 관점에서 좌묘우사(左廟右社)
정궁 경복궁에서 바라보는 방향
좌측에 종묘 우측에 사직단을 건설

한양도성 천도로 인한 개창시
궁궐 및 성곽을 건설하기 전 가장 먼저
태조 4년에 종묘가 완성된다
그 후 수차례의 증축 등 보완을 하고
종묘와 별묘인 영녕전 제도 정착

임진왜란으로 하루아침에 잿더미
여기 없는 광해군에 의해 중건 아이러니
그 후 증개축. 현재 종묘 약 56,000평
원래 종묘는 창덕궁, 후원, 창경궁 함께
동궐이라고 불리었다
일제시대 창덕궁과 종묘 가로 지르는
율곡로 관통시키고. 기어이
지금 다시 한창 복원 작업 중이다

종묘. 유네스코 세계문화유산…

신위는 서상제(西上制) | 정전의 서쪽부터 제1실 태조 신위 동쪽으로 오면서 후대 왕의 신위이고 각 감실도 서쪽 왕, 동쪽 왕비 신위 봉안하고 감실 앞 문짝은 약간 틀어져 공간이 있는데 이유 못 밝힘

행랑 | 태종 때 정전의 행랑인 동서월랑 형식이 건축되었는데 중국의 종묘제도에도 없는 우리나라 독창적 건축 양식으로 서쪽 행랑은 창고 역활 동쪽 행랑은 눈, 비를 피하여 배위할 수 있는 배례청 역활

가운데 높은 길 혼령이 다니는 신로와 향축패가 오가는 향로 즉 신향로, 오른쪽 왕이 다니는 어로 왼쪽 왕세자가 다니는 세자로이다. 종묘에서 길은 제례 및 종묘를 이해하는 길이다.

찬막단

영녕전(보물)

종묘의 중심 건물 "정전"(국보)
조선왕조 왕과 왕비 49위 신주를 19실 봉안하고 있는 단일 건물로 세계에서 가장 긴 35칸 건물
역대 임금의 신위가 늘 때마다 감실을 계속 증축

영녕전(보물) 정문인 남문

어숙실 나온 왕과 왕세자 이곳 판위(版位)에서 대기하는 곳
큰 판위는 왕, 밑에 오른쪽 작은 판위는 왕세자 용

영녕전 악공청

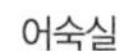
어숙실

망묘루(望廟樓)

탕평비. 단 한쪽 한줄 못 지키는지

성균관

성균관 | 조선시대 국가의 최고 국립교육기관

조선시대 국가 최고의 국립 교육기관
성균관(成均館)
고려 충선왕 국학(國學) 성균관 개칭
공민왕 국자감 잠시 조선 태조 이어져
1398년 완공. 명륜동 성균관 시작

전묘후학(前廟後學) 유교 전통방식
남쪽 외삼문 들어가
앞에는 향사공간 대성전, 동무. 서무
즉, 문묘(文廟)
뒤에는 강학공간 명륜당, 동재.서재
교육기관 그리고 부속 건물 공간

성균관 2차례의 역사적 수난기
연산군 창덕궁 후원 연회를 즐기던 중
성균관 유생들 엿본다고 폐쇄 결정
더 나아가 성 밖으로 지방 이전 추진 중
폐위되어 간신히 살아 돌아오고
임진왜란. 안타까운 쑥대밭 잿더미

성균관대학교 성균관 입구에 탕평비
예전이나 오늘날이나 "선비정신"
우리들 정말 귀담아 들어야 하는데
어찌 그 "예기" 한쪽 한줄 구절을
단 하나도 지키지 못하는 답답함 떠나
눈물이 흐른다. 어떻게…

탕평비 옆 "하마비"

성균관 외삼문

하급 관원들의 관청 '수복청'

명륜당 건물 뒷편 전경

탕평비 | "두루 사귀어 편당을 짓지 않는 것이 군자의 마음이고 편을 가르고 두루 사귀지 못하는 것이 소인의 마음이다" 영조의 친필로 탕평비에 단 두 줄로 각인되어 있다.

성균관 유생들 기숙사인 동재

서무

묘정비각

제사 음식을 차리는 '전사청'

명륜당으로 들어가는 삼문

육일각

문묘(文廟)인 "대성전" | 연산군 창덕궁 후원 연회를 하는데 성균관 유생들이 엿본다는 이유로 폐쇄 명령 더 나아가 성균관을 도성밖 지방 이전을 추진하던 중 중종반정으로 간신히 살아남아 오늘날 현 위치에 있다. 대성전 현판은 석봉 한호의 친필로 전한다.

성균관 유생 도서관 '존경각'

향관청

진사식당(進士食堂) | 식당에 출석부가 있어서 출석 체크를 하였고 아침 저녁으로 출석하면 1점 얻고 300점 이상인 경우 성균관 유생에게만 주는 특전 관시에 응시 가능함

하연대(下輦臺)
임금이 가마(輦)를 대고 오르내리던 장소

사대외교와 독립자강

영은문 주초와 독립문

서대문독립공원 내 '독립문' | 독립문은 무지개 형태인 홍예 모양 기법인데 홍예의 이맛돌에는 대한제국 황실의 문양인 오얏 꽃무늬가 새겨져 있고 이맛돌 바로 위에 한글로 음각한 "독립문" 현판석과 태극무늬가 선명하다.

사대사상과 사대외교. 사대(事大)
어찌 보면 치욕, 어찌 보면 실리
그 현장 모화관과 영은문
현재 서대문 독립문 자리이다

모화관. 중국 사신을 접대하던 영빈관
영은문. 모화관 앞 일각문
갑오개혁으로 혁파되어 사라졌고
그 자리 독립의지 세워 독립문 세웠다
글쎄 사대사상의 상징물 옆에 놔두고
독립문(獨立門) 세웠으면
더욱 의미가 있었을 것 같은데

독립문. 프랑스 파리 개선문 흉내 내어
1850개 화강석 쌓아 1897년 완공
독립문 앞에 영은문 주초 기둥 2개
오늘 우리 앞 외롭지만 당당히 서 있다

독립자강의 상징물 "독립문"
사대외교의 표상물 "영은문 주초"
가을 단풍은 어느 쪽 관심 없고
그저 그저 붉게 물들고

오늘 우리는 어디에 서 있는가
인왕산 선바위 쪽. 나에게 나를 물으며
국가의 앞날을 심히 걱정한다…

모화관과 영은문은 그 형태가 잘 유지되다가 갑오개혁 이후 1895년 철거되고 독립문이 건립되었다.

영은문 주초 기둥 좌우 2개

1979년 성산대로 개통에 따른 성산대로 고가도로 공사로 원 위치에서 약 70m 물러서 현 위치로 이전 그때 영은문 주초도 같이 이전되었음

송재 서재필 동상 | 갑신정변의 실패로 미국에 망명 후 1985년 귀국하여 독립협회를 조직하고 독립문 건립을 추진함. 1896년 독립문 기공식 1897년 완공하여 건립

서대문독립공원
방문자센터

3·1 독립선언 기념탑
원래 탑골공원 안에 있다
가 철거 그후 현재 자리
에 복원하여 건립함

독립관
원래 모화관은 바로 철거
되지 않고 서재필 등이
독립관 형태로 사용되다
가 일제 때 완전 철거된
것을 공원 조성시 다시
복원한 건물로 독립관 명
칭 달고 현재 기념관으로
사용

무학대사와 정도전 일화

선바위
국사당

인왕산 선바위

독립문에서 선바위 길 따라 인왕산
그 성벽 쪽 산 정상을 바라보고 숨차게
인왕사 등 수십 개 절 절 절
무슨 절이 이렇게 많이 절 집 집합소

요상하게 생긴 바위. 선바위 밑
맨 꼭대기에 국사당(國師堂)
최영장군 등 무신상 모신 신당
조선 태조 남산 목멱대왕 호국신 봉안
남산 팔각정 부근에 있다가
일제 신사(神社)에 떠밀려 이곳 이전

국사당 제사 조선시대 국가 인정 굿당
요즘도 일 년 열두 달 굿판이
그 국사당 바로 위에 선(禪)바위
마치 스님이 장삼 입고 참선하는 모습

조선 건국시 무학대사와 정도전
첨예하게 부딪친 선바위 일화 전설(?)
그러한 사실 잘 모르겠으나
선바위 위에서 바라본 서울 시내 전경
미세먼지의 뿌연 희미함 속에

무속인들의 기원 향불 연기와 매캐함
지금 이 시간에도 올라오는데
어떤 절절한 기원인지 모르겠으나
독립문. 무슨 생각으로 저 밑에 서 있나…

무악공원 인왕사 등 절집 입구

국사당 바로 위에 선바위

국사당(國師堂) | 최영장군, 무학대사 등 무신상들을 모신 신당 역할, 조선 태조 4년 남산(목멱산) 목멱대왕을 호국 신으로 봉안, 제사 지낸 "목멱신사" 다른 이름. 원래 남산 팔각정 부근에 있다가 일제시절 일본 신사(神社) 건립으로 강제로 쫓겨나 이곳 이전함

민가 같은 이곳은 거의 '절' 집들 무속신앙의 총본산 느낌

요즘은 이곳에서 기도하면 아들 낳는다고 함

국사당 주변과 선바위 원경

선(禪)바위 | 조선 건국시 무학대사와 삼봉 정도전이 선바위를 성 안으로, 아님 성 밖으로 쌓는 것 놓고 첨예하게 대립 시 태조 이성계 고민하다가 꿈에 성 안쪽으로 눈이 녹는 꿈을 선몽이라 여겨 선바위 밖으로… 선바위를 성안으로 넣으면 불교 융성 유교 선비들 퇴출되고 성밖으로 빼면 승려들 맥을 못 편다는 설(說) 때문 일화 있는데 그래서 "숭유억불" 정책.
아무튼, "이제 중들이 선비 책 보따리나 들고 다니게 되었다" 무학대사 탄식하며 일갈하였다는 전설

스님이 장삼을 입고 참선(參禪) 하는 모습을 닮았다고 선(禪)바위라 부른다.

절과 무속신앙의 콜라보레이션(?)

자하문 밖 흥선대원군 별서

석파정

석파정(石坡亭) 전경

巢水雲簾庵(소수운렴암)

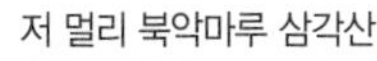

저 멀리 북악마루 삼각산

경복궁에서 자하문 터널을 지나
부암동 산자락 근처 홍선대원군 별서
석파정(石坡亭)
바위(石) 언덕(坡)에 있는 정자

조선시대 자하문 밖은 도성의 승경지
한량들 사랑한 청계동천과 백석동천이
흩어져 숨어 있던 경승지
서울 사소문 중 북문인 창의문 애칭
자하문(紫霞門). 자주빛(紫) 노을(霞)
그 자하문 밖에 석파정

원래 석파정은 철종 때 영의정을 지낸
김홍근 별서 삼계동정사(三溪洞精舍)
흥미로운 야사 스토리텔링
당대 권력자 홍선대원군에게 빼앗겼다
황현의 매천야록에 전하고 있다

지금은 개인 사유 부지
서울미술관. 새롭게 변하여 문화유적지
그 역할을 충실히 하고 있고
현대 미술과 전통 정자 문화의 혼합
그런대로 새로운 맛

단지, 권력자의 사심
사실 여부를 떠나 옷깃을 다시 여민다…

너럭바위 | 일명 코끼리 형상을 닮아 "코끼리 바위" 또는 "소원바위", "행운바위"라고도 한다.

너럭바위 오르는 길 왼쪽 계곡 위에 걸쳐 있는 유수성중관풍루(流水聲中觀楓樓) "흐르는 물소리 속에서 단풍을 바라보는 누각"

흥선대원군 초상화

삼계동정사(三溪洞精舍)
이곳은 원래 조선 철종 시대 영의정을 지낸 김흥근의 별서였는데 그 당시 집 뒤에 삼계동(三溪洞) 큰바위 있어서 삼계동정사(三溪洞精舍)로 불림.
삼계동(三溪洞) 각자되어 있는 바위. 흥선대원군이 집권하면서 그의 소유가 되어서 석파정이라는 이름으로 바꾸고 흥선대원군 아호 "석파(石坡)"도 여기서 유래되었다고 한다.

巢水雲簾庵(소수운렴암)
"물을 품고 구름에 발(簾)을 드리운 암자" 노론의 영수 우암 송시열의 제자 권상하의 글씨

蕩春臺 탕춘대 어디에

탕춘대성과 홍지문

조선 숙종 때 한양도성 수축과 북한산성 축성을 마무리하고
두 성을 연결하는 문제에 논란이 있었으나 숙종 45년에 축성을 완성하였다.

한양도성과 북한산성을 이어주는
탕춘대성(蕩春臺城)
창의문에서 시작 북한산 비봉까지
약 4km 연결 수비성
세검정 동쪽 산 정상에 탕춘대(蕩春臺)
있어서 탕춘대성이라고 지었다

숙종 당시 한양도성 및 북한산성 수축
그 후 탕춘대성. 백가쟁명 떠들다 축성
사천(沙川) 옆 홍지문(弘智門)과
사천 위로 오간대수문(五間大水門)을
축성 완성하였다

홍지문 편액은 숙종이 친필로 내리고
잘 유지되어 오다가
1921년 대홍수로 인하여
홍지문과 오간대수문 유실 된 것을
1977년 복원하여 현재에 이른다

탕춘대성은 그런대로 유지, 보수되어
우리들 눈에 삼삼하게 들어오는데
홍지문과 오간대수문, 사천 주변은
좀 복잡하고 산만스럽게 살아 있다

물도 오염되어 쫄쫄 흐르고…

탕춘대성의 성문 홍지문

탕춘대성 명칭은 예전 세검정 동쪽 약 100m쯤 산 정상(세검정초등학교 인근 "터" 표지석 있음)에 탕춘대(蕩春臺)가 있었기에 붙여진 이름 "봄에 방탕하는 대" 봄(春)에 꼭(?) 가 보고 싶은데

홍지문 후면
숙종이 친필로 내린 편액 "弘智門" 친필로 내린 편액 원본은 어디에 보존?

홍지문 옆으로 사천(沙川)

칼(劍)을 씻은(洗) 곳

세검정

(洗劍亭)

세검정(洗劍亭) 전경

세검정(洗劍亭)
광해군 15년 인조반정 때 반정군이
"칼(劍)을 씻은(洗) 곳"
이 사실이 맞는지 추측뿐이다
그러나 조선시대 조지서(造紙署)가
있었고 이곳 세검정 시냇가에서
사초(史草)를 세초(洗草)하였다고 한다

세초 때에는 근처 차일암(遮日巖)에서
실록 편찬에 수고한 관리들에게
세초연(洗草宴)도 베풀었다고 한다

1940년대 아이러니 하게
근처 종이공장의 화재로 전소하여
겸재 정선이 그린 부채그림을 참조하여
지금과 같이 복원하여 놓았다고 한다

뭐 예전의 세검정 정자 건물
원형은 아니더라도 복원 노력 치하한다
그러나 이항복 노닐던 백사실 계곡 등
주변 계곡에서 쏟아져 들어오는
사천(沙川). 물도 별로 없지만
각종 인위적 시설물과 오염된 수질 등
우리들 책임 너무 많다

세검정 정자와 주변 계곡부터
싹 좀 씻어야… 사람까지도 씻을까

세검정(洗劍亭)

백사실 계곡
백사 이항복 선생의 별서가 있었던 곳으로 지금은 흔적만 있고 이항복 선생 호 "백사(白沙)"를 따서 백사실 계곡이 되었다고 한다.
백사실 계곡은 "사적"으로 지정되어 있고 청정 계곡으로 유명하여 "백석동천"이라는 별칭도 가지고 있다.

백사실 계곡 안내도

백사실 계곡 바로 옆에 현통사 사찰

세검정 정자 옆 사천 개울가 주변으로
산책로를 만들어 놓았다.

세검정 옆 개울물 사천(沙川). 예전에 물이 맑고 얼마나 모래가 많았으면
沙川(사천)이라고 했는지 다시 그 시절 모습을 보고싶다.

하얀 호분 잔뜩 덧칠한

보도각 백불

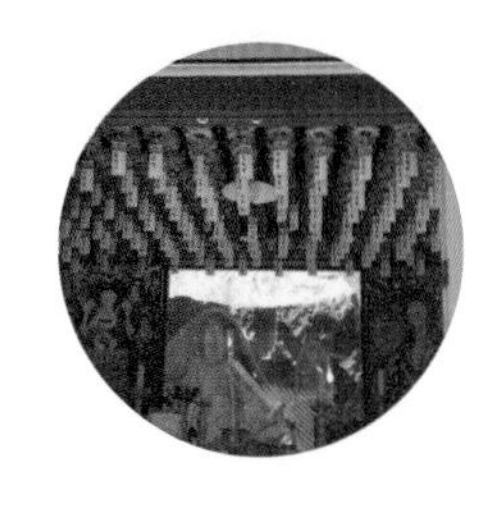

옥천암(玉泉庵) 전경

홍지문 오간수문 통과한 개천물
잠시 후 오른쪽 불암 바위에
하얀 호분을 잔뜩바른 백불(白佛)

홍은동 사천 보도교 건너 보도각
"널리(普) 중생을 구제한다(渡)"
보도(普渡). 불가의 관세음보살 의미
그 보도각 불암(佛岩) 바위에
돋을 새김 마애보살좌상 관세음보살
옥천암 보도각 백불(普渡閣 白佛)

조개껍데기 빻아 만든 하얀 안료
호분(胡粉)을 계속 덧칠하여 놓았다
보존하려고, 아님 죄송하지만 화장
다 망쳐 놓았다(?)
문화재는 있는 그대로 잘 보존해야
그 의미가 있는 것이다

홍선대원군 부대부인 민씨
아들 고종을 위하여 복을 비는 치성
그 덕분인지 아들은 조선의 임금
그러나 그때 덧칠 더 심하게 했다고
조선. 그래서 망했나(?)
비약이지만 "망쳐 놓아 망했다"

문화재. 잘 보존하는 것은 후손들 몫
함부로 건들지 말아야…

홍은동 보도각 백불(普渡閣 白佛) (보물)

백불(白佛) | 백불(白佛)이라고 불리는 것은 조개껍데기로 만든 하얀색 안료를 마애불에 칠 하였기에 그렇게 불리었고 흰옷 입은 백의관음(白衣觀音)이라고 알려져 있는 관세음보살이다.

보도각 백불 사천(川)가

삼성각

범종루

삼각산 옥천암 일주문

한성백제 굴실돌방무덤

방이동 고분군

방이동 고분군 전경

석촌동 고분군에서 약 2km 이내
구릉성 야산에 한성백제 고분 8기
고분 형식은 대체적으로 굴식돌방무덤
일명 횡혈식석실분(橫穴式石室墳)
방이동 고분군

공주 웅진시대 송산리 고분
부여 사비시대 능산리 고분들 형식은
대체적으로 굴실돌방무덤 형식들인데
한성백제 초기 석촌동 고분은
고구려계 기단식 돌무지무덤(積石塚)
그 중간 단계를 역사적으로 설명해주는
방이동 한성백제 고분군
역사는 이렇게 말없이 말을 한다

석촌동 고분군은 북방계 평지형
방이동 고분군은 남방계 변환 과정 중
야산 구릉성 남방계 산지형
웅진, 사비시대 남방계 산지형과 일치
역사는 보이는 것으로 말을 한다

원래 토착민 민묘와 고분 30여기가
뒤섞여 있었는데 고분 8기만 발굴 복원
한성백제 초석인 백성들 민묘는
"강남개발" 미명 아래 다 밀어버렸다
민초는 항상 짓밟히어 왔지…

방이동 고분군(사적지)

제1호분 | 유일하게 1호분 만 내부를 발굴하고 내부로 들어가는 입구를 개방하여 내부를 볼 수 있도록 배려하여 놓았다.

제7, 8, 9, 10호분이 올망졸망 모여 있다.

고구려계 기단식 돌무지무덤

석촌동 고분군

제3호분 | 백제시대 최대 영토를 확장한 "근초고왕" 릉으로 추정하는 학자들이 있어 논란의 대상이다. 만주에 있는 광개토대왕 왕릉 "장군총"과 비슷하며 하단의 길이 가 약 50m로 장군총 보다 더 길다.
다만, 높이는 장군총 보다 낮다고 본다.

한강을 따라 내려오다 석촌호수
그 뒷편에 백제 초기 고분군
고구려계 "온조" 남하하다 정착한 곳
한강유역 한성백제 옛터
주변에 풍납토성, 몽촌토성 있는 곳

일제시대 돌마리, 돌마을 불리우던
석촌동(石村洞) 8기 고분군
원래 90여기 고분 있었지만 "강남개발"
싹 밀어버리고 약 1만 7천평 남아
석촌동 일대 공원 역할을 하고 있다

고구려계 기단식 돌무지무덤
일명 적석총(積石塚)
백제 초기 지배계층 무덤으로 추정
그중 3호분 백제 최대 영토 확장한
"근초고왕" 릉으로 추정 주장도 있다

2기의 움무덤(土壙墓, 널무덤)
복원되어 있어 유구한 역사 속 살아온
토착민인 일반인 무덤도 같이
왕릉, 지배계층묘 공경 받아야겠지만

일반인 묘역에 더 애착이 가는 것은
민초들 마음에 더 애잔함이…

내원외방형 돌무지무덤 | 안쪽은 원처럼 둥글게 쌓았고 바깥쪽은 네모지게 쌓은 특이한 형태 무덤

제3호분 과 롯데월드 빌딩

제3호 움무덤

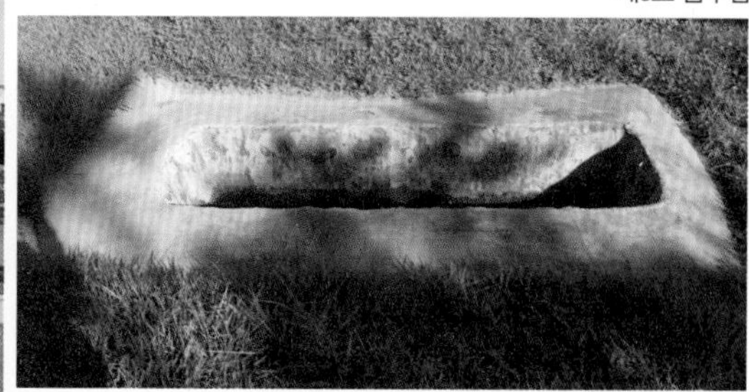

제2호 움무덤

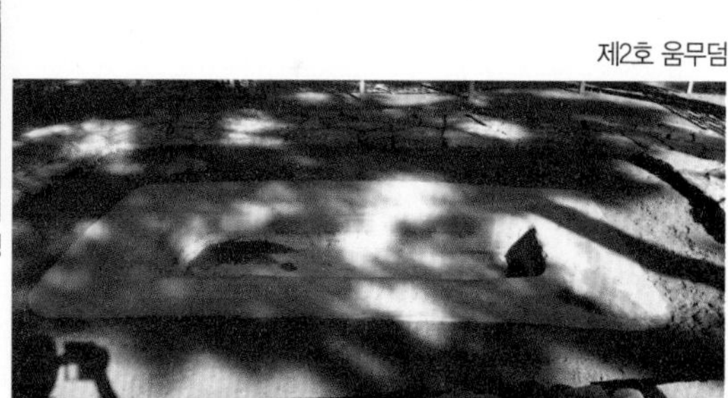

오늘, 국궁 화살은 날고

황학정

황학정(黃鶴停)

딱. 노란불 번쩍. 화살이 날고
사직공원 단군성전 거쳐 인왕산 자락
조선말 고종이 세운 궁술 연습장
경희궁 회상전 뒷편에 있다가
지금 자리로 옮긴 사직동 "황학정"

갑오개혁으로 군대의 무기에서
활이 제외되는 바람에
전국의 모든 사정(射停) 사라졌다
고종. 백성들 궁술 장려 위하여
경희궁 내 황학정 건립, 개방
고종도 자주 활쏘기를 즐김

경희궁. 일제 파괴 및 전각 매각 처분
서촌에는 다섯군데 사정 있었고
그 등과정(登科停) 터. 황학정 옮기어
국궁의 명맥을 이어 오고 있다
활쏘기를 사랑한 한민족의 혼
국궁전시관 황학정(黃鶴停) 여 궁사

한민족 국궁 맥 그 정신 지키기 위해
멀리 서울 한복판 과녁 삼아
활시위를 당기고 과녁에는 무관심
무념무상
오늘. 화살은 날고
우리 무엇을 지킬 것인가…

'황학정' 표지석

개천각

황학정 현판

황학정 전각 내 고종의 어진을 걸어 놓았다.

"황학정 팔경" 샘물 터

사라진 궁궐. 살아 있다는 것 감사

경희궁

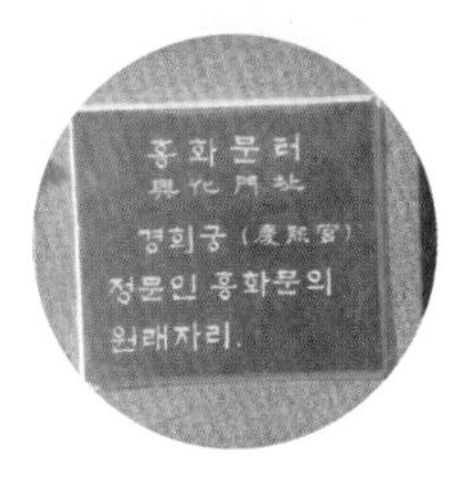

경희궁 (사적)

서울의 5대 궁궐체제 속 서궐
5대 궁궐 중 흔적 없이 사라졌다
오히려 "경희궁 터"라고
그나마 어렵게 유지하고 있다가
일제에 의하여 철저히 사라진 궁궐

경희궁. 아무것도 없는 폐허화
일제시절 총독부 중학교, 경성중학교
해방 후 서울중·고등학교 학교부지
일부 경희궁 전각 뿔뿔이 매각 처분
경희궁. 사라지고 없었다

임진왜란 후 광해군 법궁 재 완성 후
새문동 왕기설. 이궁 경덕궁 건립
그 경덕궁 영조 때 경희궁으로 개명
"서궐도안" 보면 120여 궁궐 전각
지금 서울역사박물관 일부 자리 내주고
정전 숭정전 영역 복원 다시 우리 앞

흥화문. 모 호텔 정문에서 돌아오고
숭정전. 모 대학 "정각원" 못 돌아오고
황학정. 아예 자리 옮겨 새로운 곳
그나마 살아 있다는 것 감사. 이 뭘까?

일제시대도 하나의 역사
경희궁 돌아 나가며 마음가짐 되새겨
구멍 뚫린 보호수
그 구멍 안. 부끄러운 역사
이제, 구멍 안 뚫리게 해야지…

경희궁 정전 숭정전 | 숭정전도 그때 일본 불교의 한 종파인 조동종 조계사로 매각, 이전되고 다시 동국대학교 구내로 이전, 정각원(正覺院)으로 개명 후 현재 법당

사라진 궁궐 경희궁. 해방 후 서울중·고등학교 (옛 경성중학교)가 이전하고 경희궁 터 발굴 조사 후 숭정전 등 정전 일원을 복원하여 우리들 곁으로 다시. 비록, 서울역사박물관에 일부 자리 주고서…

자정전

흥화문 정문

弼雲杏花. 꿈에서라도 잠시

필운대

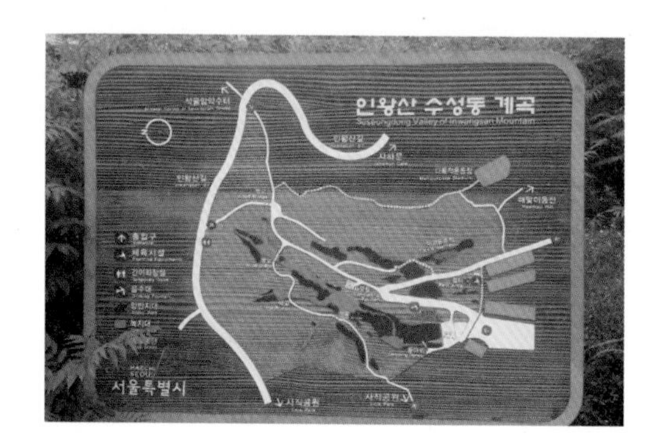

弼雲杏花(필운행화) '필운대 살구 꽃' 유명하여 행촌(杏村)으로 불리며 명소로 소문이 자자함. 그러나 지금은 '낙석위험' 접근 금지다. 명나라 문인 공용경이 "右弼雲龍"(우필운용) 즉, 인왕산이 경복궁의 오른쪽에 있으면서 왕을 돕는 모습 같다고 인왕산 한때 필운산으로 불리었음. 그래서 필운동 지명도 거기서 유래됨

인왕산 자락길 오르는 길

겸재 정선 '장동팔경첩' 수성동 계곡 그림

조선 도성 한양 우백호인 서산 인왕산
동쪽 자락 기슭은 경승지로 유명
지금 사직공원 등성이 너머 필운대
더 오르면 수성동, 옥류동 계곡
계곡 따라 산마을 그 앞 송석원, 청풍계
지금 그 흔적 찾을 길 없지만

이 일대 조선 초기부터 문인 천렵 장소
중국 사신들 관례 시주(詩酒) 즐김
특히, 필운대 봄 꽃놀이 유명하여
도성 풍류객들 시와 술, 춘흥 느끼던 곳
필운대 살구꽃. 필운행화(弼雲杏花)
행촌(杏村)이라 유명세

옛 필운대 그림 속 비친 필운대(弼雲臺)
병풍처럼 수직 절벽 암벽 바위 밑으로
너럭바위와 오래된 소나무 울울창
지금 그 모습 간데없고 모 대학 교정 뒤
후미진 곳에 갇히어 명맥만 유지
단지, 백사 이항복 글씨. "弼雲臺" 남아

역사 흐르고 그 흔적 조금씩 사라지지만
우리 삶. 도심 속 점점 팍팍해지고
단원 김홍도 "松石園詩社夜宴圖"
유월 유둣날 달빛 밤 무르익은 그 광경
지금 꿈에서라도 잠시 볼 수 없을까
아! 필운동 필운대 어디에…

빨간 글씨로 "필운대(弼雲臺)" 오성대감 백사 이항복 글씨라 함. 권율 장군 사위로 처가살이하다가 권율장군 집을 물려받아 이 근처 어디쯤 이항복 집이 있었다고 함

수성동 계곡 | 1971년 계곡 좌우로 옥인 시범아파트 9개동이 지어져 있어 흔적이 없다가 2012년 아파트를 철거 후 "문화재보호 구역"으로 지정 그나마 예전 수려한 경관 조금 찾아 우리 곁에…

배화여자대학교 본관 '켐벨 기념관'

조세핀 필 켐벨 여사 상

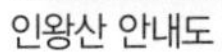
인왕산 안내도

통인시장

박노수 가옥 및 박노수 미술관

서촌재. '나무 뒤의 나무'

시인 윤동주 하숙집 터

세종마을 안내문

종묘사직을 보존하시옵소소

사직단

사직동 사직공원 사직단(社稷壇) (사적)

조선 건국 후 조선왕조 한양천도
그 이듬해 왼쪽 종묘 오른쪽 사직단
사직단. 사(社) 토지신 직(稷) 곡식신
국가의 안녕과 풍년 제사
인왕산 동쪽 기슭 사직공원 안에

원시 공동체 제천의식에서 발전
고대 이래 유교사상과 결합
국가 주도 중요하고 신성한 의례 정착
사직. 동쪽 사단(社壇) 서쪽 직단(稷壇)
사직동 사직공원 사직단(社稷壇)

사직공원. 일제시대 공원 조성
한 나라의 근본을 공원 조성하다니
참 알 수 없는 일본
덕분(?)에 지금 그 주변 어지러운 상황
최근 복원 위한 발굴 및 복원 계획

참, 잘한 일
지금처럼 어지럽고 혼란스러운 시절
나라의 근본. 종묘사직을
제대로 복원하는 일, 복원 그 자체보다
그것을 지키는 올바른 정신을
우리 보고 싶다는 것

종묘사직을 보존하시옵소소…

동쪽 동신문

사직단은 인왕산 동쪽 기슭 사직공원 내에 있다.

북쪽 북신문

사직단 사직대문(보물)

오른쪽 건물은 신을 모신 신실

서쪽 서신문

앞에 길은 신이 다니는 신위행로, 신의 길

사직단 안내도

안향청

사직단의 두 단은 동쪽에 사단(社壇) 서쪽에 직단(稷壇)

한양 도성, 하루 시작과 끝

보신각

보신각 (서울시 기념물)

조선 태조 5년 인사동 청운교 종루
파루 4시 33번, 인정 10시 28번 쳐
아침저녁으로 사대문 열고 닫고
도성 하루 시작과 끝. 종소리 맞춰
태종13년 광통교 운종가 종로 이전

고종 때 보신각 현판 내려 "보신각"
보신각 있어 붙여진 지명 "종로" "종각"
그 종루에 올려진 보신각 종은
여기 저기 떠돌던 원각사 대종인 범종
지금 금이 가서 국립중앙박물관 신세

종로 보신각에 새로운 종 걸리어
연말연시 타종식 하는 것 보기 좋으나
원래 원각사 범종과 다른 모양
비록 원각사 종 중국풍 섞여 있지만
조선 초기 범종 형식 똑같이 복원
보신각 종루에 있다면. 그 아쉬움 남고

그 아쉬움. 보신각 원래 목재 건축
지금 철근 콘크리트 건축 구조물
확, 부셔버리고 다시 지었으면 어떨까
보신각 종. 오늘 타종식도 하는데
그 종소리
예전 선조들 경각심 섞여 들리는 듯

잘들 좀 하라고
정말, 잘들 좀 하라고…

국립중앙박물관 야외 전시장에 보신각 종 전시

국보 2호. 원각사지십층석탑

탑골공원

탑골공원(사적) | 팔각정과 원각사지십층석탑(국보)

고려시대 홍복사지 터 흔적 위에
조선시대 도성 안 3대 사찰 중 하나
도성 백성들 온 정성 세운 원각사
연산군. 기생과 악사 관리 위해 절 폐사
장악원, 연방원 기생방으로 전락 수모

그 폐사지 원각사지 터 위에
원각사지 십층석탑과 원각사 비 덩글
대종인 범종은 보신각에 보내 놓고
쓸쓸히 세월 흘려보내다가
서울에 들어선 최초 공원. 탑골공원

개풍군 있던 경천사지십층석탑 꼭 닮은
대리석으로 만든 형제와 같은 석탑
지금 세월의 무게 속 유리 보호각 갇혀
얼마나 더울까?
햇볕 피한 팔각정 속 지금 시원한데

탑골공원. 역사의 전면에 다시 나서
3·1운동 팔각정에서 독립선언문 낭독
3·1만세운동 시발점 즉 발상지 역할
나라 잃은 설움 그 누구에게 하소연
그래도 민초들 그들이 역사의 전면에

온 맘 힘 모아 태극기 힘차게 흔들고
목청 높여 "대한독립만세" 외침 있었기
오늘 우리. 공원에서 휴식 중…

북한 개풍군에 있던 '경천사지 십층석탑'(국보)
국립중앙박물관 전시

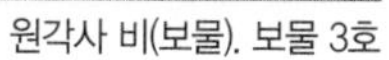

원각사 비(보물). 보물 3호

만해용운당대선사비

3·1운동의 부조 작품

3·1정신 찬양비

의암 손병희 선생의 동상

백송

탑골공원에서 3·1운동 당시 의암 손병희 선생 포함 민족 대표 33인이
독립선언서를 팔각정에서 낭독, 선포하였다.

탑골공원 석재 유구

삼일문 | 탑골공원 정문

발굴 출토 '우물'

3·1운동 기념탑

운현(雲峴). 구름이 넘는 재

운현궁

운현(雲峴). 조선시대 서운관(瑞雲觀) 앞 고개의 이름. 즉 구름재. 고종이 즉위하면서 임금의 잠저라는 이유로 "궁" 명칭을 받아 "운현궁" 명명

조선시대 서운관(瑞雲觀) 앞 고개 이름
운현(雲峴). 구름이 넘는 재, 구름재
그곳 지명에서 명명된 운현궁(雲峴宮)
흥선대원군 이하응 사저
아들 출생 12세까지 성장한 곳
고종 즉위. 임금 잠저 이유로 "궁" 명칭

이하응. 어린 아들 고종 내 세우고 섭정
그 흥선대원군 권세와 저택 규모는
여느 왕과 궁궐에 버금가는 위세
운현궁. 흥선대원군 정치적 거점이면서
조선 정치 상징적 공간 넘어 역사 현장
사저 주변 규모는 많이 줄어 오늘 남아

고종과 흥선대원군. 아버지와 아들
정치적 갈등 넘어 이념적 대립
조선은 망했다.
아버지와 아들 "갈등과 대립". 이뤘고
오늘날 우리에게 무엇을 남겼나
곰곰이 생각해 보아도

운현궁. 역사의 현장을 떠나서
3·1운동 시발점. 탑골공원으로 간다
가는 길. 왜? 착잡할까
화해, 조화, 협치. 다 쓸데없는 말인가
역사는 늘 돌고 도는…

노락당 뒷편 들어가는 작은 협문

수직사

안채 및 별당인 이로당 뒷뜰 "우물과 돌절구"

이로당

운하연지(雲下硯池). 수조

운현궁 유물 전시관

노안당 | 흥선대원군의 사랑채 역할

요거석(燎炬石)

척화비(斥和碑)

경백비(敬柏碑)
이로당 뒷뜰에 있다. 고종이 어린시절 여기에 있던 잣나무 아래에서 휴식을 취하고 타고 오르던 나무로 왕위에 오른 후 고마움을 잊지 못해 잣나무에게 2품의 품계 하사

흥선대원군

황제가 하늘에 제사를

조선호텔
환구단

서울 광장 쪽에서 바라본 환구단 정문

덕수궁 입장하여 정관헌에서
시청이 보이는 담장 쪽으로 가면
서울광장 건너 조선호텔 방향
환구단 정문 억지로 끼워져

대한제국 고종. 황제로 즉위하면서
하늘에 제사를 지내는 곳
환구단. 문무백관 거느리고
대한제국 선포하고 하늘에 신고식

지금 환구단 흔적은 사라지고
벨보이 모습만 바쁜 조선호텔 정문
다만, 위패를 모시던 황궁우와
고종황제 40년 기념 석고만 남아

조선호텔 부속품 아니 장식품으로
외국인 뿐 아니라 내국인조차도
그곳이 무엇 하는 곳인지?
신성함. 대한제국 황제 제사 장소

우리가 푸대접 하고 있으니
국제무대 패싱 당하는 것 아닌지
우리 국격 우리 스스로 선양해야
우리나라 존경하지…

팔각의 황궁우 | 환구단의 일부로 천자 등 신위를 봉안하던 건물로 환구단 터에서 유일하게 석고와 함께 남아 있는 문화재

환구단 정문

우리나라 제천의식인 국가적 의례는 삼국시대부터이나 중국이 천자, 우리나라는 제후국이라는 논리로 일부 설치, 폐지 반복 후 대한제국. 황제국이기에 고종의 황제 즉위 때 남별궁 자리에 환구단 세웠다.

석고(돌북) | 고종 즉위 40년을 기념하여 세운 석조물. 석조각(閣)은 훼손되어 없고 석고만 남아 있다. 일제 때 환구단 헐고 철도호텔(조선호텔) 지었다.

황궁우 들어가는 협문

황궁우 삼문

영욕의 역사 돌담길을 거닐며

덕수궁

중화전 (보물)

덕수궁 돌담길
연인들의 영원한 데이트 코스
태황제 고종의 궁호를 덕수(德壽)
"덕을 누리며 오래 살라는 의미"
그래서 경운궁이 덕수궁으로

정동 일대 경운궁 자리는 원래
성종의 형 월산대군의 사저
태조 계비 신덕왕후 릉. 즉 정릉 있어
조선 초기 황화방 정릉동 불렸다
그 후 일제 강점기부터 정동

정동 덕수궁
외세 강침에 이리 저리 내주다 보니
일대는 학교와 대사관 자리 몫
지금 덕수궁. 바람 빠진 풍선처럼
쪼그라들고 만신창 되어
대한제국 초대 황제 즉위한 곳
비록, 대한제국 국권수호 못했어도
덕수궁은 말하고 싶다
역사의 모든 영욕을 보았지만
나 돌아갈 수 없을까?

나 돌아 갈래…
역사는 다시 되돌릴 수 없다.

덕수궁 대한문(大漢門) | 현재는 정문 역할. 원래 경운궁의 동문으로 대안문(大安門)이었다.
궁궐 정문으로는 드문 단층 구조로 정전인 중화전이 단층이기에 단층 구조로 건립

임금이 앉는 어좌 그 뒤에는 일월오악도 병풍이 설치

석어당 | 단청을 하지 않은 2층 목조 건축으로 광해군 때 인목대비가 유패 된 곳이며 아이러니하게 인조반정으로 광해군이 또한 문책을 당했던 건물

광명문 뒤에 예전 어딘가에 쓰였던 석재들이 대충 전시

금천교

중화문(보물)

광명문

신기전기화차(神機箭機火車)

즉조당

함녕전(보물)

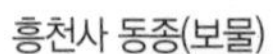

흥천사 동종(보물)

창경궁 보루각에 있던 자격루(국보)

문무백관의 위치를 표시하는 품계석

석조전 | 조선 왕조에서 마지막으로 지은 궁궐. 대한제국 시절 외국 사신 접견 장소.
현재는 대한제국 역사관으로 사용 중

어좌

중화전 옆 세발솥 정(鼎)

정관헌 | 서양식 건물로 고종이 다과 및 커피를 들며 휴식을 취하고 외빈을 초대하여 연회를 하던 장소

드므 | 방화수를 담는 용기

석촌호수는 축제 중

송파 삼전도비(三田渡碑)

송파 삼전도비(三田渡碑) (사적지) | 비신의 앞 뒷면에 새겨진 비문은 앞면 왼쪽은 몽골글자, 오른쪽은 만주 글자, 뒷면에는 한자로 되어 있어 우리나라 비 가운데 유일하다 매우 특이하며 세 나라 언어 연구에 큰 도움이 됨

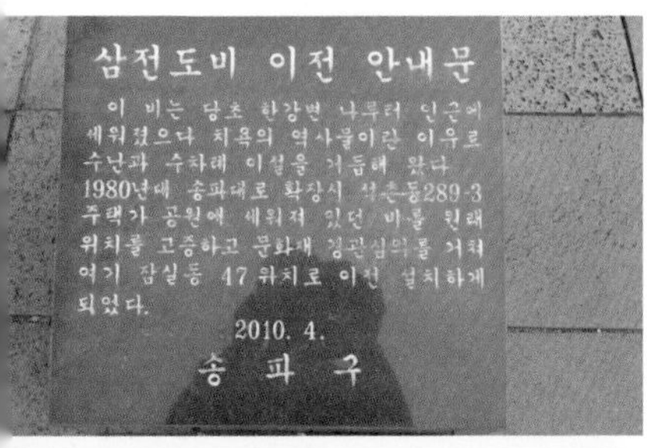

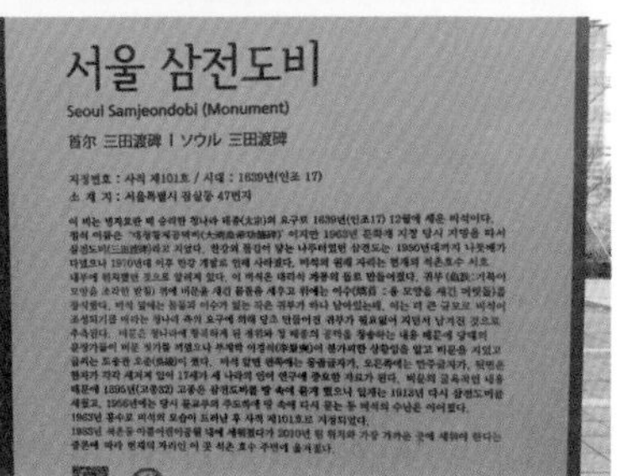

삼전도비 안내문

대청황제공덕비

지금 이곳은 벚꽃 축제 중
송파구 롯데호텔 앞 석촌호숫 가
그러나 조선시대 인조 임금
청나라에게 치욕적인 항복례 장소

그 장소에 일명 삼전도비(三田渡碑)
"대청황제공덕비" 정식 명칭
"병자호란" 조선은 바람 앞 등불
어쩌다 이 지경까지 왔을까?

삼전도비 역사의 치욕은 알아서
땅에 묻히고 다시 꺼내고
또 묻히고 다시 꺼내 그리고 옮기고
부끄러운 우리 역사를 직시하자

그것도 한 시대 한 토막 역사
드러내 놓고 부끄러움 치욕감 느껴
다시는 이런 일 없도록 교훈을
그것이 역사이기에

오늘 이곳은 축제 중이지만
그날 조선 백성은 울부짖었다
나라의 힘없음. 그러한 사실
뼛속 깊이 기억해야 하는데
축제 홍취에 삼전도비 여기 있는지
또한 있어도 돌아보는 이 조차 없다.

국가의 위기는 없다.
다만, 축제만 있을 뿐…

석촌호수 서호로 내려가는 길

앞에 비신이 없는 것이 처음 만든 것인데 귀부 등 비가 너무 적다고 청나라에서 항의하여 더 크게 다시 만들어 세우다 보니 기존 것 그대로 보관함.

나는 돌아갈 수 없나요?

국립중앙박물관

보신각 종(보물)

그들이 있었던 자리
돌아가지 못하고 다른 곳에
슬픔. 아련한 그 슬픔
애잔한 눈으로 바라본다

왜 여기에 이러고 있지
있었던 곳으로 갈 수 없을까
그들은 늘 그 생각을 할 것
왜 여기에 이러고 있는지

예전 절터가 없어지거나
그 자리에 있어 보존하기 어려워
그들은 떠나 여기 저기 난민
그래서 더 서글프지만

문화유산을 지키기 위하여
어쩔 수 없다면
그러나
늘 애잔하다

저들이 돌아갈 자리
우리라도 발길 발길 자주 주어
쓰다듬어 주는 그 마음
문화유산 사랑… 아닐까

개성 남계원지 칠층석탑(국보)

국립중앙박물관 석조물 정원

북묘 비

원주 흥법사지 염거화상 부도탑(국보)

양평 보리사지 대경대사 현기탑비(보물)

개풍 경천사지 십층석탑(국보)

원주 흥법사지 진공대사 부도탑과 석관(보물)

원주 영전사지 보제존자 사리탑(보물)

충주 정토사지 홍법국사 부도탑(국보)

충주 정토사지 홍법국사 부도탑비(보물)

여주 고달사지 쌍사자 석등(보물)

서울 홍제동 오층석탑(보물)

이천 안흥사지 오층석탑

제천 월광사지 원랑선사 부도탑 비(보물)

하남 하사창동 절터 철조 불 좌상(보물)

천안 천흥사지 동종(국보)

국립중앙박물관 석조물 정원

수표교 "김두한 생각난다"

장충단 공원

수표교, 장충단 공원 개천 위에 설치되어 있다. 원래는 청계천2가 수교다리 길 위에 있었는데 청계천 복개공사로 홍제동으로 이전하였다가 1965년 다시 이곳으로 이전.

경제개발 부흥시대
그 상징으로 청계천 고가도로
그리고 청계천2가 삼일빌딩
한때 우리들의 우상 자랑거리들
청계천 그렇게 죽었다

그 청계천 다시 돌아와
멋진 도심의 개울과 산책로 선물
그러나 못 돌아온 다리 수표교
장충단공원에 머물러 있고
수표석은 세종대왕기념관에

조선 초 한양은 매년 홍수 물난리
한양의 중심 서쪽에서 동쪽으로
개천을 개설 홍수 대비 청계천을
그 다리 중 말을 거래하던 마전교에
수량 측정을 위한 양수표(量水標)를
세종 때 설치하고 수표교로 개명

수표교. 김두한이 생각난다
다리 밑에서 그가 자랐기에
경제개발시대처럼 역경을 딛고서

수표교. 어쩔 수 없지만 수표석은
청계천으로 다시 돌아올 수 없을까
대한민국 재도약을 위하여
정신의 혁신을 위하여…

수표교는 특이한 것이 난간을 설치하였음. 난간 설치는 궁궐 등 격식을 갖춘 다리에 적용하게 되는데 민간이 이용하는 다리에 난간을 설치한 것은 무척 예외적임

수표교 45개의 돌기둥 교각을 세움

수표교 이전 표지석

장충단 비

수표석(보물)
세종대왕 기념관에 전시되어 있다.

장충단 터 표시석

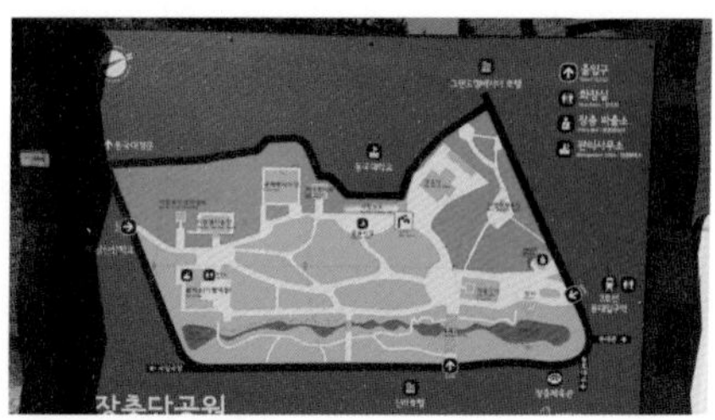

장충단 공원 안내도

이한응 선생 기념비

신경림 시인 시비

파리장서 비

이준열사 동상

유정 사명대사 동상

장충단은 고종이 을미사변시 순직한 장병들을 위로, 추모하기 위하여 세운 사당. 사당은 한국전쟁 때 파괴, 소실

움집터와 빗살무늬토기

암사동 선사유적지

서울 강동구 암사동 선사유적지

팔당댐에 갇혀 있던 한강물
미사리 거쳐 서울로 입성
그 한강 상류 바위 위에 절(寺)
바위절 암사동(岩寺洞) 선사유적지
기원전 5천년 전후 신석기시대

신석기인 삶의 터전 집자리
30기 한반도 최대 군락지 발굴
지금은 2미터 땅 밑에 묻어 놓고
그 위에 신석기시대 움집터 9기를
가상 복원하여 만들어 놓았다

채집 과 어로 수확물 등을 보관하던
빗살무늬토기 그릇 조각 등이
몇 트럭분이 출토되었던
우리나라 신석기시대의 대표적
선사 문화 유적지이다

약 2만5천평 한강변에
암사 선사유적 공원을 조성하여
강동 선사문화축제 제22회
그나마 이렇게라도 보전하였기에
서울 한강변에 살아남았다

우리들 후손에게 이 문화유산을
소중히 물려줄 의무.
선사인 손 흔들고… 고맙다고.

선사 체험 마을

신석기시대 유적지

선사 체험 마을

빗살무늬 토기

움집터 생활 재현 모습

빗살무늬토기 제작 시현

원시 방법으로 고기를 굽는 장면 재현

신석기시대의 대표적 지표인 농경의 흔적 유물이나 유구보다는 채집과 어로 생활 증거물인 탄화된 도토리나 그물추가 발굴되었음. 그러나 빗살무늬토기 무수히 출토되고 집단 정착 생활의 증거인 많은 집터가 발견되어 신석기시대의 대표적인 유적지.

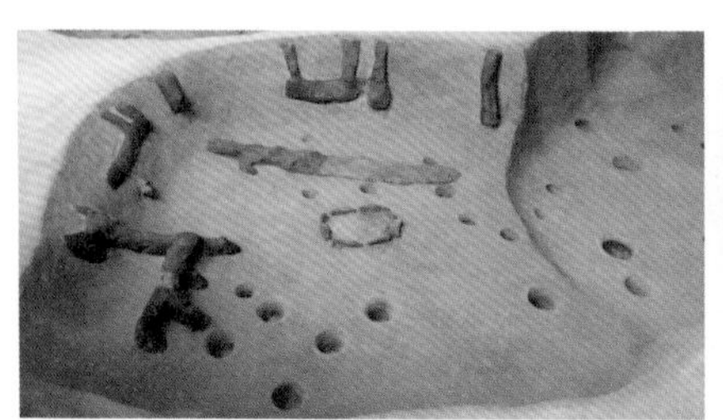

움집터 발굴 현장 보전 모습

암사동 선사유적박물관

제22회 강동구 선사문화 축제 중

서울 암사동 유적 세계유산 등재기원 소망 이룸 터

판전과
수해구제공덕비

봉
은
사

판전. 1939년 대화재 때 유일하게 남은 건물 봉은사에서 가장 오래된 건물

강남 한가운데 허파 같은 선정릉
성종 내외분과 중종이 홀로 잠들어 계신
그 선정릉의 원찰인 선종수사찰 봉은사

1939년 대화재로 유일하게 판전만 남고
아쉽게도 역사의 뒤안길로 사라졌다
강남에 부자가 많아서 그런지 매번 중창불사
글쎄! 비싼 화장품으로 화장한다고 더 이뻐지나
봉은사의 겉모습을 보지 말고
은밀하고 내밀한 그 속살을 보아야 한다
가르키는 달을 보고 손가락을 보지 말기를
부처님만… 바라본다

추사 김정희 죽기 3일전 역작 "판전" 편액
1925년 을축년 대홍수 때 한강 수재민 708명
구제하신 나청호선사 "수해구제공덕비"

판전 추사체가 있고 수해구제공덕비가 있기에
봉은사로 발길이 간다
돈, 권력… 한줄기 바람인 것을
선비의 서체 향기와 선사의 중생에 대한 자비심
그런 봉은사의 공덕이 있었기에
강남스타일… 떳나?

나청호대선사 수해구제공덕비

미륵전 밑 주춧 돌기둥에 새긴 시주자 명

흥선대원위 영세불망비
봉은사가 토지 송사에 여러해 시달릴 때 흥선대원군이 해결해 주어 은혜에 보답하고자 이런 불망비를 세워 주다니… 권력이 무섭군

대웅전 편액

선종갑찰 대도장 편액

영산전 편액
종두법을 실시한 지석영의 형 백련 지운영 작품 한자 서체의 균형미를 위하여 靈(영) 자 중 가운데 ㅁ 세개 중 하나를 생략하고 山(산) 자를 위로 올려 묘한 균형미를…

범종루와 아셈센터 및 무역센터

북극보전 옆면에 복주머니 얼마나 많은 복을 원하나…

우리문화유산

경기도편

Our Cultural Heritage

목어. 무수리 숙빈최씨 한(恨)

파주 보광사

보광사는 신라 진성여왕 8년 도선국사가 창건하여 오다가 1740년 영조가 무수리 출신 후궁 생모인 숙빈 최씨의 묘. 소령원의 원찰로 삼고 원래 고령사를 보광사로 개명하고 중수하였다. 대웅보전 현판 편액 글씨는 영조의 친필이다.

고양시에서 됫박고개를 넘어가면
파주시 고령산 서쪽 기슭에
한강 북쪽에 6대 사찰로 알려진 사찰
조선시대 영조가 어머니 숙빈최씨 묘
소령원의 원찰로 삼고 효심으로 중수한
파주 고령산 보광사

무수리 출신의 후궁 어머니 숙빈 최씨
신분제 사회 벽. 영조 한이 맺힌걸까
어실각에 숙빈 최씨 영정과 신위 모시고
향나무 한 그루 정성껏 심었다

왕실 원찰의 기본 구조를 잘 갖춘
염불당이라는 별칭 있는 만세루 누각에
동병상련 상궁들 시주해서 중수 후
목어 하나 마루 위에 걸었다
대웅보전 앞 국화향기 그윽한 가운데
아들 영조 친필 "대웅보전" 힘차다

인근 용미리 죽은 자 삶의 터전 있어서
절 주변에 납골당 포함 증축하여
예전 보광사 깊은 맛은 사라져 가지만
약수물 한잔 시원하게 먹고
저 목어 눈을 가만히 들여다본다

부모님 얼굴 거기 있다. 왜일까…

대웅보전 용머리 기둥

응진전

산신각

원통전

연우지석(戀友之石)

석불전

범종각

영각전. 밑 지하에는 납골당이 조성되어 있다.

어실각

지장전

감로수. 약수로 소문이 나 있다.

파주 고령산 보광사 목어

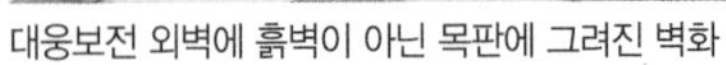

대웅보전 외벽에 흙벽이 아닌 목판에 그려진 벽화

대웅보전 비로자나삼존불

설법전

파주 용미리 석불입상

파주 용미리 석불입상(보물) | 전체적으로 웅장한 시각적 느낌주는 두 석불입상은 천연암벽에 마애기법으로 몸체를 조성하고 그 위에 목, 머리, 모자를 각각 조성해 따로 올렸다.

고양 벽제관을 지나 광주산맥
파주와 고양을 가르는 혜음령 고개 넘어
개성으로 가는 중요 길목 대로변
용의 꼬리 부분 파주 용미리(龍尾里)
용암사 용미리 석불입상

근래에 건립한 용암사 사찰을 옆에 두고
천연암벽에 몸체를 마애 조각하고
그 위에 머리 부분 따로 올린 거대한 불상
2구의 석불입상 계시다
일명 미륵뎅이(용미리) 쌍미륵
용미리 서울시립 공원묘지 바라보면서

용미리 석불입상은
안동 제비원 석불입상과 조성 양식 비슷
고려시대 지방 토착화된 석불상이다

죽은 자의 땅 용미리
미륵뎅이 석불입상은 1,000년 후 그곳이
죽은 자 삶의 터전 될 것 알고 있었을까
모두 해탈하여 성불시키시기 위하여
오늘도 그 자리 우뚝 서 계신다

용암사 백구 마구 짖으며
너무 빨리 왔다. 그만 돌아가라고 한다
쌍미륵 두 분 빙긋이 웃으며…

장지산 용암사

용미리 마애이불입상 (보물)
왼쪽 불상은 둥그런 모양 모자(갓) 원립불 남성상. 오른쪽 불상은 사각형 모양 갓 방립불 여성상이라고 구전되어 오고있다.

대웅전

용미리 석불입상으로 오르는 계단

동자상과 칠층 석탑 뒤편 위에 석불입상

용암사는 근래에 다시 불사하여 건립한 사찰

현판을 '웅전(雄殿)'이라고 한 것이 특이함

중국 사신 위세와 횡포

고양 벽제관 지

고양 벽제관 지(사적)

조선시대 중국으로 통하는 대로변에
역관 10여 곳 중 하나
고양 읍내마을 벽제역 벽제관
조선 성종 7년에 중건하였다

벽제관. 한중 외교사의 산 증인
중국 사신 한양도성 입성 시
반드시 거치며 묵는 첫 번째 관문 역관
다음날 지금의 서대문 독립문 자리
영은문 모화관에서 융숭한 영접행사
한양 도착하였다

사대외교를 지향하였기에
중국 사신의 위세와 횡포는 어땠을까
벽제관 슬프고 억울해서
일제시대, 한국전쟁 거치며 터만 남았다

시가지 한쪽 편 주택가 둘러친 공터
주춧돌 줄지어 있고 석편 몇 조각
500년 수령 느티나무 몇 그루 밑에는
옛 관리 선정비, 공덕비 줄줄이
뭔 선정과 공덕들이 그리 많은지
아마 이 일대 모두 벽제관 터 아닐까

느티나무는 알고 있는지
아직도 중국 우리를 겁박하고 있는 것
오히려 모르는 게… 아직도

느티나무 4그루 (수령 약 500년)

돌솟대

벽제관 주변 작은 공원

고양 동사무소 앞 느티나무 밑에 송덕비석 군

벽제관 지 비석

석편도 한쪽 구석에 흔적만 남기고 있다.

간신히 살아남아 있는 사진에 벽제관 건물

“동종” 아프다고 소리라도

강화 고려궁 지

강화 고려궁지(사적)

몽고군에 대항 위한 고려왕조 옛 궁터
고종 19년부터 개경환도 원종 11년
약 39년간 대몽항쟁 매우 고단한 시절
강화도 고려왕궁 터

개경 송도 궁궐보다 규모 작으나 비슷
뒷산은 송악으로 개경 송악산 따서
1234년 고려 궁궐 완공 그 후 폐허지
조선 인조 그 궁궐터에 행궁 및
강화유수부, 외규장각 건물들 건립

그 후 병자호란, 병인양요 등 완전 폐허
그 고려궁터. 복원 작업 후 현재
단지 지금 모습보다는 그 터가 상당히
저 밑 시가지까지 아니었을까

오늘날 군청인 강화유수부 동헌 건물
조선시대 관아 건물 복원, 수리
강화유수부 이방청 어찌어찌 살아남아
한쪽 구석에 조용히 있다

외규장각. 수난의 역사며 또한 산증인
병인양요 시 프랑스군 귀중한 책 약탈
방화, 소실 외규장각 건물 완전 폐허화
고려궁터에서 성문 여닫는 강화동종
아프다고 소리라도 지르지…

명위헌(明威軒) 현판은 "백하(白下) 윤순" 썼다.

외규장각 건물은 "조선왕조실록" 등을 보관하는 사고(史庫)의 역활도 하였으며 그 외 왕실 기록보관소 역활로 수많은 서책과 자료들이 보관되어 있었는데 프랑스의 약탈, 방화로 모든것 사라졌다.

외규장각 건물 포함 조선시대 강화 유수부 건물들은 병인양요 때, 프랑스 군에 의하여 귀중한 서책 포함 모든 것 약탈하고 행궁 및 부속건물 등 방화, 소실되어 완전 폐허화 되었다.

승평문

고려 궁터

선원 김선생 순의비
고려 궁터 진입로 주차장 광장 앞에 "선원 김선생 순의비" 즉, 김상용 선생 순의비 병자호란 당시 척화파 김상헌의 형이다.

동종 복제품 진품은 강화역사박물관에 보관, 전시

강화유수부 이방청

이방이 근무하던 집무실 이방청

동서양 조화로운 만남

성공회
강화성당

1900년 대한성공회 초대 주교 코프(고요한) 주교 대한성공회
최초로 강화도에 성당을 건립함

강화도 강화도령 철종 용흥궁 위
사찰인지 단군성전인지 헷갈리는 건물
1900년 대한성공회 코프(고요한) 주교
전통적 한옥구조에 서양 기독교 양식
동·서양의 조화로운 만남
강화도 "대한성공회 강화성당"

성공회 문장이 있는 종

즉, 전통 조선집 양식 사찰 겉모습에
기독교 전통 예배 공간 정말 절묘한 조화
성당 입구는 솟을삼문
정문 들어오면 종각과 범종
성당 본체 건물 기둥마다 주련 글씨
전통 사찰에 들어왔나?

대웅보전 자리에 천주성전 편액과
지붕 꼭대기 십자가
성당내부 바실리카 건축양식 예배당
보고 나서야 "아하 성당이구나"
경복궁 건축한 대목장이 지었다 한다
건물 위에서 바라보면 배 모양으로

성당 주변 수백 년 된 노거수 보리수나무
사찰에 심는 나무인데
성공회 선교사들 초창기 정착을 위하여
얼마나 노력했는지 정말 눈물겹다…

강화성당 입구 문 은 솟을삼문 한옥 구조

성당 내부

강화도 대한성공회 강화성당
우리나라 사찰 정면에 "대웅보전" 편액 자리에 "천주성전"이라는 편액을 달고 건물 기둥에는 주련까지 걸었다.

사제관

농삿꾼 강화도령 임금 살던집

강화 용흥궁

강화 용흥궁(龍興宮)

지게 농삿꾼 강화도령 "원범"
19세 임금 등극 조선 25대 철종
11세 강화도 유배 후 19세까지 살던
일반 민가집을 철종 왕위 등극하니
살던 집 잠저(潛邸)이기에 새로 짓고
철종 4년 용흥궁(龍興宮) 명명

창덕궁의 연경당 , 낙선재 같은
살림집 형식이지만 더욱 소박한 건물

역사는 철종을 강화에서 농사나 짓던
촌부로 표현하지만 그래도 왕손
역사의 질곡 속 그의 주변은 늘 죽음이
모든것 숨기고 납짝 엎드려 살았다
어린 청소년기에 얼마나 무서웠을까

헌종. 후사없이 붕어 6촌이내 아무도
안동김씨와 순원왕후 잽싸게
7촌 아저씨 농사꾼 강화도령 왕으로
안동김씨 세도정치 더욱 굳건하고
철종은 단지 이름 만 "임금"이었다

가장 밑바닥 인생에서 일국의 지도자
철종 33세 젊은 나이로 죽었다
힘도 제대로 써보지 못하고
굳이 왕이 되고 싶지도 않았던 농삿꾼
진작 내 팽겨쳐 버리지…

가장 밑바닥 농삿꾼에서 한 나라의 왕으로 등극하였으나 허수아비 역활에 고심이 많았는지 33세 젊은 나이에 죽었다
원래 이집은 초가집 오두막 집이였으나 그 집에 사는것 이 훨씬 마음 편했을 것

용흥궁 비각 | 비각 안에 비를 세우고 왕위에 오르기 전에 살던집 잠저(潛邸)라는 내용 등을 기록하여 놓았다.

정조, 어진 어디로 갔나?

화령전과 낙남헌

화령전 입구

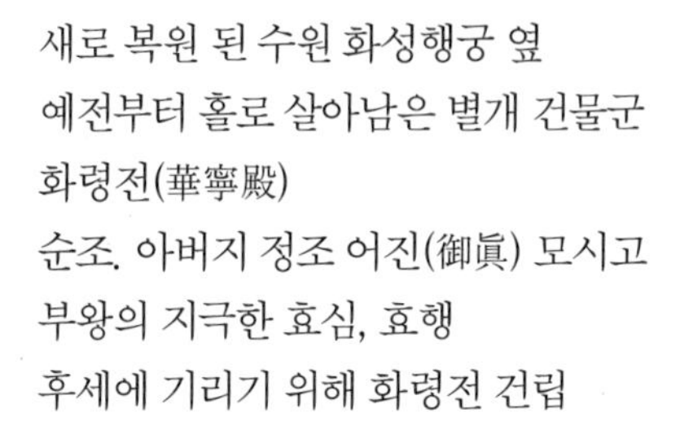

새로 복원 된 수원 화성행궁 옆
예전부터 홀로 살아남은 별개 건물군
화령전(華寧殿)
순조. 아버지 정조 어진(御眞) 모시고
부왕의 지극한 효심, 효행
후세에 기리기 위해 화령전 건립

조선 이 목숨 다하는 날까지
수원 관리들 매년 제향 올리며 관리
그러나 일제시대 정조 어진
창덕궁으로 옮겨 보관하여 왔는데
그 당시 어디로 사라지고 지금 어디에
참, 한심하다

운한각

수원 화성행궁 터에 또 유일하게
살아남아 있던 화성행궁 부속 건물
낙남헌(洛南軒)
일제 강점기에도 잘 살아 남아서
원형 그대로 보존된 건축물
정조 특별과거시험과 양로연 열었다

낙남헌 위 팔달산 자락 내포사 "목어"
다 보고 있었고 다 알고 있었을 것
조선 역사 어떻게 사라지고 있는지
미로한정 정자에서 물끄러미…

이안청

낙남헌 일원 전경

전사청

내삼문

미로한정(未老閒亭) | "나중에 늙어서 한적하게 쉴 수 있는 정자"란 의미

득중정 | 정조가 평소에 좋아하던 활쏘기를 하던 정자 건물 바로 앞 네모진 전돌 부분이 어사대(御射臺) 즉, 활쏘는 장소

내포사

낙남헌

'내포사'에서 바라본 수원 화성행궁 전경

정조, 르네상스 개혁정치

수원 화성 행궁

수원 화성행궁 | 아버지 사도세자 능참길 이궁 역할로 지었지만 정조는 사실 다른 생각이 있었다. 개혁정치, 조선의 르네상스를 꽃 피울 원대한 꿈이 있었던 곳이었다.

효심이 지극한 정조의 효행
아버지 장헌세자(사도세자) 묘소를
현릉원(현재 융릉) 이장
수원 신도시 건설과 수원화성 성곽 축성
정조 20년 팔달산 동쪽 기슭
수원 화성행궁을 건립, 완성하였다

평상시 수원부 관아 사용
정조대왕 능참길 행차시 화성 이궁 역할
어머니 혜경궁 홍씨 회갑연(진찬연)
과거시험 등 여러 행사를 거행하였다

사실 정조는 다른 생각도
조선의 르네상스를 이끌 개혁정치 장소
조선시대 현왕(賢王). 삶, 짧았다

화성행궁 터 근세에 자혜의원 자리
그후 도립병원에게 자리 내주고 있다가
지금 수원 화성행궁 복원, 완성
그러나 왠지 마음이 선뜻 안 가는 것은
글쎄. 땀과 체취 못 느껴 그런가

정조대왕. 그 뜻 받들어
개혁정치. 조선 르네상스 그 꿈 은 이제
영원한 "꿈"인가…

중앙문

정조 20년 수원 팔달산 기슭 화성행궁 건립 완성

좌익문

집사청

장락당

평상시 수원 화성 유수의 집무처

봉수당에서 정조의 어머니 혜경궁 홍씨 진찬연

신풍루(新豊樓) | 화성행궁의 정문. 신풍(新豊)이란 “임금님의 새로운 고향” 뜻으로 정조가 수원 화성을 고향처럼 여긴다는 의미

복내당

남군영

혜경궁 홍씨 진찬연(회갑연) 모형

하마비

수원팔경 무릉도원

화홍문과 방화수류정

화홍문과 방화수류정

무지개 7칸 홍예 모양 수문 다리 위
누각 올려 북수문 화홍문(華虹門)
수원 광교산 발원하여 북수문 7개 홍예 밑
칠간수(七澗水)라 부르고
수원화성 한복판 관통하여 남수문까지
수원팔경 화홍관창(華虹觀漲)이라

예전 아낙들 정겨운 빨래터이었으나
화홍문 앞 귀여운 돌 해태상 고개를 좌로
아마 악취가 나서 외로 돌리고…
오른쪽 조그만 동산 위에 동북각루 정자
방화수류정(訪花隨柳亭)
"꽃 찾아 나선길 버드나무 따라 앞 개울가"

십육각형 마루가 공중부양 하듯 떠올라
한국적 미와 정자문화를 맘껏 뽐낸다
어디서 이런 앙증맞은 자태가 왔을까
정자 너머 용연지에 각종 나무와 물빛에
싱그러운 눈맛은 아주 그만이고
거기에 화홍문까지 같이 물 위에 춤추니
여기가 무릉도원 지상낙원이다

주변 나무들 벌써 가을 추색 돌기에
해는 기울고 갈 길이 먼 나그네
마음은 바쁜데 예전 능수버들 허약하여
내 마음 제대로 붙잡지 못하네…

북수문 7개 홍예교 밑을 지나는 물 칠간수(七澗水)

개천 주변에 버드나무(능수버들)

화홍문 좌우 돌기둥 위에 앙증맞고 귀여운 해태상

용연지

중국 송나라 시인 정명도 "구름 개어 맑은 바람부는 한낮 꽃 찾아 나선 길 버드나무 따라 앞 개울가를 지나네"에서 전하여 "방화수류정(訪花隨柳亭)" 이름 스토리텔링

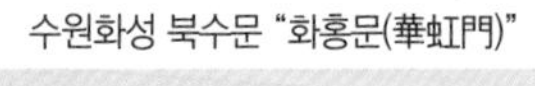

수원화성 북수문 "화홍문(華虹門)"

북 암문

방화수류정은 동북각루로써 군사적 목적의 각루(角樓)이나 건축미 및 정자의 운치를 가지고 있어서 평상시에는 휴식 공간인 정자의 역할을 하기에 약간 오해의 소지가 있는 아름다운 건축물

세계 최초 계획 신도시

수원 화성

수원 화성 남문 '팔달문'(보물)

수원화성. 유네스코 세계문화유산
세계 최초의 계획된 신 도시
우리나라 및 세계 어느 성곽 못지않은
완벽하게 건설된 도시 성곽이다

원래 옛 수원의 행정청은 화성군 송산리
화산(花山) 아래에 있었는데
서울 배봉산 기슭에 있었던 사도세자 능
이곳으로 이장하면서
수원읍 지금 팔달산 아래 수원으로 옮기고
읍명을 화성(華城)이라고 하였다

그 후 정조 18년 시작 2년6개월 만에 완공
정조 개혁정치 번암 채제공, 다산 정약용
힘 합쳐 실학사상에 입각하여
성곽에 돌과 벽돌을 적절히 혼합하고
거중기와 활찰 등 과학기술 총동원한
대역사가 이루어지었다

수원화성 축성은 정조의 효심에서 시작
그러나 정조는 원대한 꿈이 있었다
새로운 도시 화성. 개혁정치 이상을 실현
정조. 49세 어느 날 홀연히 떠났다
수원화성 완공 다음해. "개혁" "이상"
조선 르네상스 "꿈" 다 사라지고…

서장대 쪽으로 오르는 수원화성

남수문

서남각루(화양루) 들어가는 서남암문과 서남포사

서노대
쇠뇌 화살을 발사하던 장소

화성장대 중 "서장대"
수원화성 팔달산 정상에 있는 총 지휘본부 격이다. 화성장대(華城將臺) 편액은 정조 친필 내렸다.

동북공심돈

서북공심돈(보물)
공심돈 수원화성에서만 있는 독특한 시설로 일명 "소라각"이라 부르는 원거리 초소이다. 내부는 3층 구조 나선형(소라모양)으로 되어 있다.

장안문 입구

수원화성 동문 창룡문

화서문과 서북공심돈(보물)

서북각루

서장대와 서노대

홍이포

동포루

동일포루

치성(雉城)은 우리나라 성곽의 중요한 특징인데 성곽 밖으로 일정부분 튀어 나오게 쌓고 적 측면을 공격. 꿩 치(雉) 자를 쓰는것은 꿩이 잘 숨고 엿보기를 잘하기 때문으로 사용한다고 함

몽고, 송문주장군 승전보

안성
죽주산성

죽주산성은 신라 때 내성 고려 때 외성을 쌓고 중성은 언제 쌓았는지 알 수 없고 석성으로 세 겹을 쌓았다 지금도 네 곳의 문터와 장대터가 그런대로 잘 보존되고 있으나 현재 복원 공사 중.

봉업사지와 태평미륵이 등을 기댄
안성 매산리 비봉산 죽주산성
죽산은 예전에 죽주(竹州)라고 하였다
내성은 신라 때 외성은 고려 때
중성은 언제인지 기록 없어 알 수가 없고
아무튼 현재까지 그런대로 잘 보존

그러나 세월의 무게는 어쩔 수 없는지
지금 죽주산성은 복원 공사 중

신라 말에는 기훤의 본거지 역할
고려 말 몽고 침입 시 송문주 장군 승전보
조선 임란 때도 격전장이었다
그만큼 군사적 요새, 교통의 요지
산성 정상에서 보면 바로 알 수가 있다

세 겹 석성으로 아주 튼튼히 쌓아 올리고
동서남북 문터와 장대 터 등
그런대로 비교적 잘 남아 있는 죽주산성
아마 복원공사까지 마치고 나서
우리 앞에 다시 서는 날 기대하여 본다

그런데 공사명
"죽주산성 테마역사공원 수변공원 등"
글쎄 "수변공원 등" 이것 빼면 안 되나?
역사, 있는 그대로…

안성 비봉산 죽주산성

중성 동문지를 안쪽에서

송문주 장군 동상

죽주산성 오르는 큰 도로가에 선정비

죽주산성 입구에 성은사(成恩寺) 사찰

사역 면제 친서교지 사찰

안성 석남사

안성 시내에서 진천 방향 마둔저수지 지방국도를 구불구불 오르다 배티고개 넘기 전 오른쪽 계곡 속으로 빨려 들어가면 안성에서 가장 높은 서운산 자락 계곡가에 천년고찰 석남사 있다.

안성시내에서 마둔저수지 끼고 구불구불
진천 방향 배티고개 오르기 전에
안성에서 가장 높은 산 서운산 기슭 계곡
고즈넉하게 앉은 석남사.
서운산 너머는 바우덕이 고향 청룡사.

석남사는 신라 문무왕 20년 창건하여
많은 참선승 수도하던 참선 도량
조선 세조 시 수도승 수도에만 전념토록
석남사 적을 둔 승려는 사역을 면제
친서교지(親書敎旨)를 내렸던 사찰

대웅전보다 더욱 친밀감 가는 영산전
보물 지정되어서가 아니고 왠지
대웅전보다 아래 자리하여 가고 싶은가
서운산성 바라보고 계곡을 오르면
소낙비 온 뒤 햇살 머금은 마애여래입상
그윽한 미소에 더욱 바짝 다가서 본다

석남사 주변 서운산 깊은 수많은 계곡
열두 굽이 서로 경쟁하듯 여기저기
흘러넘치지만 석남사 보살 작은 친절
어디서도 찾아보기 힘들다

"도깨비" 드라마 찍은 장소라 그런가?
참선 수도 도량인데… 더 닦자!

대웅전 오르는 계단

감로수

영산전에 500 나한상이 있는 것이 특이함

영산전(보물)

영산전 앞 오층석탑

고려시대 양식

석탑에 부모은중경을 새겨 놓았다.

석남사 오르는 길

마애불상

'도깨비' 촬영 장소

석남사 전경

고려 태조 진영(眞影) 모신

안성
봉업사 지

안성 봉업사 지

안성 이죽면 죽산리 비봉산 죽주산성 밑
고려시대 절터 봉업사 지
봉업사는 정확한 기록이나 사적 없으나
고려 태조의 진영(眞影)을 모신
매우 중요한 진전사원(眞殿寺院)

봉업사. 그런 진전사원이였기에
고려시대 경기도 내에서는
양주 회암사, 여주 고달사 더불어
최대 사찰, 사원이였다

봉업사는 오랫동안 이름도 없이
단지 "죽산리사지"로 불리고 있다가
1966년 경지정리 작업 중에 명문 발견
봉업사(奉業寺) 이름표 달았다

어디서부터 어디까지 절터인지 모를
조선 초기 이미 폐사지 되어서
이름도 없이 관리자 없이 흘러온 사찰
보물 오층석탑을 위시하여
여기 저기 논과 밭 그리고 산자락에
뿔뿔이 흩어져 단지 죽주산성 기대여
힘없이 넓은 국도 망연히 바라보고

국도변 송문주 장군 동상 길가 길섶에
가을 코스모스만 흔들흔들…

안성 죽산리 당간지주

안성 봉업사지 오층석탑(보물)

봉업사 터 위에 현재 봉업사 사찰 건물이 있다.

삼층석탑 뒤 산자락 밑으로 현재 봉업사 사찰 건물이 있다.

석불입상

송문주 장군 동상 | 봉업사지 앞 바로 국도 삼거리에 조성

미륵당 용화전 청기와 누가?

태평미륵

안성 매산리 석불입상 일명 "태평미륵" 머리 부분은 보개(寶蓋) 형식의 높은 보관을 쓰고있는데 이런 양식은 고려시대 초기 지방양식으로 널리 사용하던 양식으로 고려시대 초기 작품.
석가모니 다음으로 부처가 되는 미륵은 보살과 부처로 두 가지 성격이 있는데 그래서 보살상과 불상으로 표현함

일죽 IC 나와 안성쪽으로 방향을 잡으면
오른쪽 산정상 하얀띠 두른 듯 보이는 곳
이죽면 매산리 죽주산성. 산성을 등지고
미륵당 안 5.6m 거대한 미륵 석상 한 분
매산리 석불입상 일명 "태평미륵"

머리에는 보개(寶蓋) 형식 높은 보관을
고려시대 초기 양식을 잘 보여준다
수인은 시무외 여원인(施無畏 與願印)

태평미륵은 고려 말 몽고의 침략 전쟁 시
죽주산성 승전보 송문주 장군
처인성 전투 시 살례탑 살해한 김윤후의
우국충정 명복을 기원하고자 건립 설
한편 중앙관리 출장숙소 태평원(太平院)
있어서 "태평미륵" 명칭을 얻었다는 설
태평 미륵님 태평하게 서 계신다

태평미륵 앞 어떤 슬픈 사연 간직한 채
많은 상처 입고 처연히 서 있는 오층석탑
그저 말없이 서서 미륵님만 바라본다
미륵당 용화전 꼭대기 청기와 두 장
어느 누가 훔쳐 갔는지?
지금은 복원하여 청기와 달랑 한 장 있고
오층석탑. 범인을 알지만 묵묵히…

오층석탑 | 고려시대 993년 작품

대평미륵 들어가는 입구 전경.
태평미륵 미륵당 용화전 건물 용마루 맨 위에는 조선시대 국가에서 관할하는 중요한 원찰에서만 사용하는 청기와 두 장을 원래 올려놓았는데 1930년대 누군가 훔쳐(?)갔는지 분실되었다.

오층석탑에서는 건립시기와 후원자를 알 수 있는 탑지석이 나왔다 현재 탑지석은 국립중앙박물관에 보관 중

"시무외 여원" 인(印)

기솔리 쌍미륵

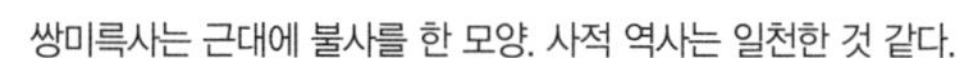

쌍미륵사는 근대에 불사를 한 모양. 사적 역사는 일천한 것 같다.

중부고속도로 내려 일죽에서 안성 방향
안성 기솔리 국사봉 중턱에
도솔산 쌍미륵사 "기솔리 쌍미륵"

벽초 홍명희 "임꺽정" 소설의 무대
칠장사가 있는 칠장산 마주 보이는 곳
기솔리 국사봉
국사신앙(國師信仰) 터인데
뜬금없는 도솔산은 또 무엇인지?

약 5m가 넘는 석불입상 2기가
기솔리 마을 내려다 굽어보며 서 있다
옆에 근래 불사한 도솔산 쌍미륵사

두 분 쌍미륵님 수인(手印)은
시무외인(施無畏印) 여원인(與願印)
"두려움 없애주고 소원 다 받아준다"
중생을 위한 그 무한한 자비와 베품
도대체 어디에서 다 나오는지

승방에 경상도 사투리 처사님
빼꼼 승방문 열고
불쌍한 중생 헤매는 민초 바라보듯이
지긋이 보시고 문을 닫는다
미륵불 찾아 길에서 길을 묻는다…

오백나한전

두 미륵 다 약 5.7m 크기로 상당히 크다. 고려시대 지방적 특색으로 대부분 미륵불이 모두 크게 조성하였다.
미륵 손 수인(手印)은 오른손 시무외인 (施無畏印) “두려움 없애주고” 왼손 여원인(與願印) “소원을 모두 받아들인다”.

안성 기솔리 석불입상 일명 기솔리 쌍미륵

산신각 뒤 감로수

산신각

도솔산 쌍미륵사 용화전

꼭두쇠 바우덕이 고향

안성 청룡사

청룡사. 조선후기 민중놀이 남사당패 근거지이고 소설 장길산(황석영)의 남사당패 주 무대이다. 운부대사 "미륵의 세상 기다리는 것이 아니라 만드는 것" 역동성은 새로운 세상을 꿈꾼다.

안성 서운산(瑞雲山) 청룡사 사천왕 문

범종각

안성맞춤의 고향 안성에 들면
나옹화상이 찾은 상서러운 구름 내려앉고
구름 사이 하늘에서 청룡 오르내리던
안성 서운산(瑞雲山) 청룡사
민중놀이 남사당패 근거지 남사당 마을
꼭두쇠 바우덕이의 영원한 고향

청룡저수지를 끼고 남사당패 마을
불당골로 방향을 잡아 오르면
남사당패 꼭두쇠 바우덕이 기예 나올 듯
청룡사 입구 사적비 글은 읽을 수 없고
청룡사 대웅전 자연스런 나뭇결 기둥은
문화재 해체보수 공사로 볼 수가 없다

바우덕이 사당과 그의 묘
고난한 민중들의 삶속에 그나마 한줄기
해학적 웃음과 즐거움 주었는데
지금 그 웃음, 즐거움 누가 줄 수 있는지
안성 미륵댕이에게 물어볼까

청룡사 대웅전 해체보수 공사 어지럽고
장길산 운부대사는 어디 계신지
바우덕이는 조용히 웃는다
공덕을 많이 많이 쌓고 다시 오라고
그때 대웅전 기둥 볼 수 있다고…

청룡사 절 진입로 왼쪽은 깨끗한 시냇물 흐른다. 개울 왼쪽으로 남사당 마을이 있어 색색깔의 만장깃발 같은 표식들이 걸려 바람에 날리고 있다.

청룡사 사적비

서운산 청룡사 입구 표지석

대웅전 앞 삼층석탑

관음전

명부전

사천왕 문 뒷편 전경

청룡사 대웅전(보물)
조선 후기 건축물이다. 사진은(참고: 출처 불명) 대웅전
해체 보수 공사로 어쩔 수 없이 다른 곳 사진을 인용함

대웅전 본존불인 석가모니 불과 좌우 보시불

청룡사 부도군
조선시대 후기 석종형 부도 군이다.

절 진입부 담 위에
기왓장으로 만든 담의 일부

감로수

산왕신상(山王神像) 산령각

남양주
묘적사

대웅전 영역 전경

유장한 한강 줄기 기댄 남양주 덕소
외줄기 도로 따라 길을 잡으면
월문리(月文里). 달빛 아래 글월 문
묘적산 묘적계곡 묘적사(妙寂寺)
참. 묘(妙)하다

신라 문무왕 원효대사 창건
그 후 사적 가물가물 흐릿
조선시대 국왕직속 비밀조직 호위군
승려 신분으로 위장 군사 훈련장
조선 임금 무엇이 두려워서

폐사지. 민간 묘지 등 어수선 위에
어느 스님 중창 불사 간절
산왕신상(山王神像) 산령각 봉안
기도 발 잘 받을 것 같은 묘적사
보리수. "소원 들어주는 나무" 있다

마하선실(摩何禪室). 건물 기둥
참, 묘하다! 자연 목재 살려서
향운전(香雲殿). 그 앞 연못 정원
그 뒤 산령각 일원 "극락 세계"
떠나고 싶지 않아

유명 연예인 템플스테이 명상 장소
오늘 개구리도 묵언(默言)
말이 필요 없는 "간절함"
어느 여인 그 간절함 여기서 다시
진도개 반갑다 짖고…

산령각

남양주 와부읍 월문리(月文里) 묘적산 묘적계곡 묘적사(妙寂寺) 신라 문무왕 시절 원효대사 창건하였다.

산령각(산신각) 출입문

대웅전 석가모니 부처님

무영루(舞影樓)

향운전 일원(탬플스테이 선원) 연못 전경

산령각(山靈閣)

묘적계곡 폭포

산령각 옆 석굴암

산령각 영역에 동자승이라…

간절함, 복합신앙 수도 도량

안양 삼막사

안양 삼성산 삼막사 | 관악산의 지봉(枝峰)으로 즉, 가지치기 한 삼성산

관악산 붙어 가지치기 삼성산
세 명 성인 막(幕) 치고 수도하던 곳
안양 삼성산 삼막사(三幕寺)

신라 문무왕 시절
원효, 의상, 윤필 세 성인. 왜 이곳에
선사시대부터 기운 왕성한 수도처
성 숭배 신앙과 민간신앙. 복합 신앙
불교. 슬며시 들어와 그들 곁에

불교계 이름 있는 선사들 삼막사 거쳐서
저 멀리 서해 바다 바라보며
어떤 간절한 갈증 있었기에 이곳에서
이름 모를 어느 여인. 가녀린 갈구
그 간절함. 그 무엇 맞다아 있는 것인지

칠성각 마애삼존불 앞 남녀 근석
다산, 무병장수, 삶의 풍요. 그 무엇
한낮 햇빛 칠보전 주변 서 있고
치성광여래 그 빛. 어디 비춰 있는지
찾지를 못한다. 그 간절함만

삼성산 삼막사 그 간절함
오늘 어디 가서 찾을 수 있을까?
간절함 갈구한 이름 모를 여인. 아마
오늘 우리들. 아닐까
선문선답. 아마, 우리들 마음에…

요사체

일주문

망해루(望海樓)

범종루

천불전

삼막사 사적비

삼층석탑 | 삼막사의 승려인 김윤후 승병장이 려몽전쟁 시 용인 처인성 전투에서 몽고군 원수인 살리타이 를 살해한 공로를 기념하기 위하여 세웠다는 설

범종루 안 목어. 사실적이며 참, 재미있다.

산신각(?) 바위 전경

칠성각(칠보전) | 자연 암벽에 감실을 만들고 치성광삼존불을 부조하여 석굴사원 양식으로 모셨다. 불상 아래에 조선 영조 39년 명문이 새겨진 조선후기의 걸작품.

삼귀자(三龜子) 바위 글씨

칠성각(칠보전) 및 남녀근석 가는 길.

칠보전

동자승, 말을 거는데

안양 석수동 마애종

안양 석수동 마애종(경기도 유형문화재)

안양 중초사 지에서 안양예술공원
공용주차장 뒷편 바위 절벽
넓적한 바위 전면에 돋을 새김
바위면 전체 과감히 종각으로 구성
우리나라 유일 마애종 새겨 놓은

안양 석수동 마애종(磨崖鍾)
종각에 범종을 매달아 놓고
스님. 종을 간절히 치고 있는데
스님. 동자승이다
무슨 말 못할 사연이라도 있기에

지금은 보호각으로 포장
아쉽지만. 제대로 볼 수가 없어서
아침 해 돋을 때 그 경이로움
느낄 수 없겠지만. 지금은 한낮
답답하겠다

동자승
지금 보호각에서 꺼내줄 수 없지만
그가 말하고자 하는 바
우리들 알고자 노력해야 하기에
마애종. 종소리 귀 기울여…

조성년대는 정확히 알 수가 없지만, 여러가지 조각기법 등을 추정하여 신라 말이나 고려 초기 작품으로 보여진다.

국내 유일 조성 명문. 당간지주

안양
중초사 지

안양 중초사 지 당간지주 및 삼층석탑

안양 유원지 입구 유원지 방향
왼쪽편 개울가 옛 모 제약회사 터전
지금 안양박물관 및 김중업박물관
신라 홍덕왕 중초사 터
당간지주와 삼층석탑 덩그러니

신라 홍덕왕 시절 창건 추측 가능
우리나라 유일하게 당간지주 측면
조성 내역 명문 새겨져 있어
약 9천평 제약회사 터전이 가람 자리
제약회사 이전 후 현재 박물관 조성
정말 잘 된 일. 얼마 안 되었다고

삼층석탑 고려 중기 양식이지만
1960년 제약회사 공장 건축 전
밭 한가운데 방치, 파손 수준이었기
보존 상태 별로 안 좋지만 그나마
제약회사 관계자 관심 있었기 다행

중초사 터. 박물관 건물 깔고 앉아
비록 옛 가람 터. 느낌 가질 수 없지만
당간지주와 삼층석탑 반겨줘
관악산 삼성산 자락 안양 유원지 찾은
우리들. 큰 자부심 갖는다

보물 2개 지켜준 제약회사 관계자
눈인사. 고맙다고…

중초사 지 삼층석탑 (보물) | 원래 "보물 5호"로 지정되어 관리하다가 추후에 격하시키어 경기도 지정 유형 문화재로 재고시 하였지만 "나는 보물 5호로 계속 유지한다."

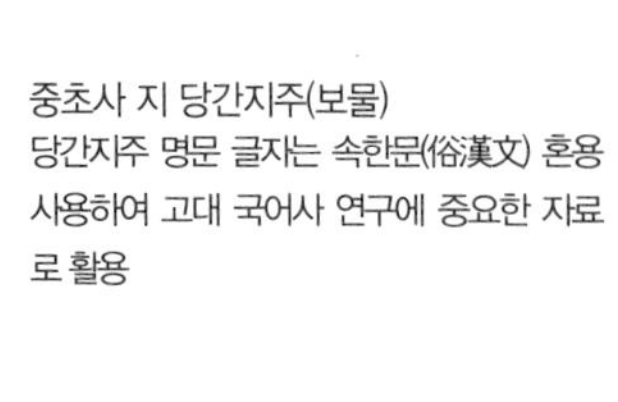

중초사 지 당간지주(보물)
당간지주 명문 글자는 속한문(俗漢文) 혼용 사용하여 고대 국어사 연구에 중요한 자료로 활용

안양박물관 및 김중업(건축가)박물관 제약회사 유유산업 이전 후 박물관으로 조성함.

원효대사 "해골물" 깨닮음

화성 당성

서해안 고속도로에서 비봉 IC
바다가 갈라져 차가 건너는
제부도 가는 길. 그리고 대부도
그 길 중간 마도, 송산 지나
당성. 일명 당항성 나즈막하게

백제, 고구려, 신라 삼국 각축지
그만큼 군사적, 지리적 요충지
특히, 신라 때 당항성으로
당성진. 강화 혈구진 완도 청해진
통일신라 서해의 중요 방어선

원효. 의상대사와 법 구하러
당나라 가다가 해골 물 먹고
깨달음 얻은 남양이기에
더욱 우리들 마음에 와 닿는다

당성 정상 망해루터 위에서
서해 전곡항 아스라히 바라보며
서역, 장안 실크로드 거쳐 당성까지
그리고 경주로 통하는 길

오늘 은행나무 잎 다 떨어지고
그저 그 길목에 서서
통일 신라인 마음 느껴본다
그저 그저… 바람 차다

1차성 동벽 구간

당성

당성 사적비 | 중국사람 홍천하가 여기에 머물며 살아서 남양 홍씨 시원지. 이 사적비는 국가나 지방자치단체가 보존하는 게 아니라 남양 홍씨 문중에서 관리한다고.

당성 정상부 | 구봉산 정상. 해발 200미터도 안 되는 야산.

혜소 일곱 도적 깨우치다

안성 칠장사

안성 칠현산 칠장사 전경

칠현산 칠장사 일주문

천왕문

중부고속도로 일죽 톨게이트
이죽 지나 광혜원 쪽으로
혜소국사가 일곱 도적을 제도하여
일심정진 도를 깨우쳤다는
안성 칠장리 칠현산 칠장사

지금도 칠장사 나한전에는
일곱 도적 일곱 나한으로 모셔지고
나한전 옆 노송은 나옹선사 심어
혜소국사 비를 내려다보고 있다
일곱 현인 멋있다

벽초 홍명희 임꺽정 스승
병해대사 갖바치 칠장사 머물며
민중의 정신적 지주로
새로운 세상을 꿈꾸는 민중들
미륵이 도래하기를 기다린다

조선 선조의 비 인목대비
아버지 김제남과 아들 영창대군
억울함 달래기 위하여 원찰 삼고
피눈물 억누르며 한을 다스리던
칠현산 칠장사

미륵불 도래하여 새로운 세상
우리 모두 억울함 없는 세상
빨리 오기를…

죽림리 삼층석탑 | 강성원 목장(죽림리) 강성원 님이 2005년 11월 기증, 이전 한 것임

삼성각

이수 | 운무 속에 꿈틀대는 용 조각들 사실감 있음

칠장사 사적비

감로수

천왕문 들어가는 입구

범종각

제중루 누각

안성 죽산리 봉업사 터 석불입상(보물)

좌불석상

원통전

대웅전 | 빛바랜 단청이 고색창연하여 더욱 정감이 감

사천왕상 | 이 사천왕상은 특이하게 진흙으로 빚은 소조상

목조 석가 삼존불상

철당간지주 | 지금은 철통이 14층 이지만 원래 28층 이였음. 철당간은 청주 용두사터 철당간(국보), 계룡산 갑사 철당간 남아 지금까지 유명하다.

칠장사 전경

명성황후탄강구리비

여주
명성황후 생가

여주 명성황후 생가

영동고속도로를 달리다
여주 인터체인지 톨게이트
막 나오자마자 아늑한 그 곳
여주 명성황후 생가

조선 고종황제의 황후
순종황제의 어머니
우리가 "민비"라고 많이 회자된
"명성황후 탄강구리비" 있다

구한말. 즉, 조선의 마지막
운명의 시대
한 여인으로서 또 한 나라 황후로
근대 역사를 장식하고

일본에 의하여 무참히
그것도 조선의 법궁. 궁궐 한가운데
시해당했다
과연 일본 그들의 정체성

명성황후의 공과를 논하기 전
한 나라의 국모
조선 황제의 황후를 죽이는 것
우리는 알아야 한다

모든 역사는
힘에 의존한다고…

"명성황후탄강구리비" 비각

사랑채

귀부의 거북이가 민유중 선생 묘소로 가는 문쪽
을 바라보고 있다.

하마비

명성황후 생가 솟을대문

안채

행랑채

명성황후 존영

사랑채

명성황후 순국 숭모비

명성황후 기념관

명성황후 추모비

숙종의 계비 인현왕후가 장희빈과의 갈등으로 왕비에서 물러나 다시 복위까지 5년간 거처하고, 명성황후가 8세부터 16세 왕비로 간택, 책봉될 때까지 머물었던 "감고당" 전경

고종황제와 명성황후

별채 별당

안채

到此門來 莫存知解

화성 용주사

화성 용주사 삼문각 | 용주사는 특별하고 진기한 사찰구조 궁궐의 대문처럼 보이는 삼문각이 있고 그 양 옆에 마치 사대부집 행랑채 같은 건물이 길게 서 있다.

사도세자와 정조
정조의 효심은 조선 왕 중 최고
아버지의 능을 한양 배봉산에서
화성 화산 기슭으로 융건릉

그 화산 뒤편 북쪽 기슭에
신라 염거화상이 창건 갈양사
폐찰터 위에 사도세자 억울한 넋
효심에 실어 중창한 원찰

꿈에 용이 여의주를 물고 승천한
화성 용주사(龍珠寺)
부모님 은혜와 보은을 설법한
"부모은중경" 불교 경전

그 불설 "부모은중경판"을
단원 김홍도에게 목판 새기고
대웅전 후불탱화 태서법 남기고
정조의 효심은 어디까지일까

到此門來 莫存知解
"이 문에 이르러선 마음을 비우라"
용주사 입구 자연석에 쓰여 있다

모든 걸 안다고 하지 말라
진리는 불변이 아닌걸…

到此門來(도차문래)

천보루

사천왕문

당간지주? 아마 탱화 걸이 용도 같다.

사천왕상

시방칠등각

"부모은중경" 부모님 은혜가 얼마나 크고, 높은가 그 은혜를 어떻게 보은할 것인가를 구체적으로 설한 불교경전.
정조는 억울하게 죽은 아버지 사도세자의 넋을 위로하고 추효(追孝)하기 위해 "부모은중경판"을 목판으로 새겼다.

부모은중경 석탑

전강 대종사 사리탑

단원 김홍도가 조성한 대웅전 후불탱화
우리나라 최초로 탱화에 서양화기법(일명 태서법)을 도입 즉 음영기법. 원근법

홍제루

대웅보전(보물) | 대웅보전 편액은 정조 친필

법고각

불설 "부모은중경판" 표현

용주사 범종(국보)

천상천하유아독존

천보루 돌기둥

"병자호란" 오늘 우리들

남한산성

유네스코 세계유산 남한산성

남한산성
굳이 유네스코 세계유산
들먹이지 않아도
요즘 "남한산성" 영화 덕분에
병자호란에 대하여 많은 회자

NSI
국가경영전략연구원 수요포럼
"남한산성과 병자호란" 강의 듣고
문화 해설사를 대동하고
가을 단풍 남한산성을 돌았다

그리고 "남한산성" 영화 관람까지
무엇이 우리를 이끌었을까
과연 지도층은 누구를 위하여
민초들 국민은 누구를 위한
국가의 운명

남한산성은 항상 거기에 있고
비록 행궁은 다시 복원하였지만
우리들 국가 시대정신은
왜 이렇게 착잡할까
역사는 늘 그렇게 흐른다

역사 앞에 진정 진솔함을
우리는 알아야…

영월정 | 달을 맞이하는 정자

남문 옛 사진

남한산성 행궁 안내도
남한산성 행궁은 특이하게 종묘와 사직 체제를 갖춘 행궁으로 피난시 임시수도 역할을 할 수 있는 유일한 행궁임

침괘정 안내도

지수당 안내도

남한산성 행궁

현절사 | 병자호란 당시 청나라에게 끝까지 싸울 것을 주장, 청나라 심양으로 끌려가 처형당한 삼학사(윤집, 오달제, 홍익한)를 모신 사당, 추후 척화파 김상헌, 정온 선생도 모심.

인화관

종각

천안 천흥사 동종(국보)
천안 천흥사 동종이 남한산성으로 어떻게 왔는지는 알 수 없으나 남한산성 내 시간을 알려주다가 지금은 국립중앙박물관으로 이전, 소장 전시됨

숭렬전
백제 시조 온조왕 과 남한산성 축조 총괄 책임자 인 수어사 이서 장군 의 위패를 모신 사당

연무관 | 군사들이 훈련하던 장소. 문무과 시험 장소로도 활용되었다.

지수당

흰쌀로 목욕하는 말(馬)

독산성 세마대

독산성 정상 세마대 지 위에 세마정 전경

행주대첩으로 더 유명한
임진왜란 권율 장군
오산 독성산성은 백제시대부터
전략적 군사 요충지

임진왜란 독산성 전투 승리
나라가 누란의 위기에서
승전보 소식은 가뭄에 단비
그래서 독산성 전설 서려 있고

왜군은 독산성에 물이 없다고 판단
권율 장군은 말에게 흰쌀을 끼얹고
왜군은 먼 곳에서 볼 때에
말에게 물로 목욕을 씻기는 것으로
착각, 오인하여 퇴각 결정

그래서 독산성 정상에
세마대(洗馬臺) 세마정 있고
독산성 오르면
오늘날 오산, 수원, 동탄 그 일대가
훤하게 다 보이지만

유독 동탄신도시 높은 빌딩이
보적사 해탈문에서 뚜렷하게
바벨탑을 쌓는 인간
욕망은 어디까지일까…

독산성은 네 개의 성문과 여러 개의 암문 있음. 임진왜란 때 전라도 관찰사 및 순변사였던 권율 장군이 독산성에서 수만 명의 왜군을 무찌르고 독산성을 수비한 승전지

독산성 전경과 동문쪽으로 오르는 길

아슐리안 주먹도끼

연천
전곡리 선사유적

외국의 고고학 교과서에도 등재되고 우리나라 역사 교과서에도 등재되어 있음

까마득한 시절
가늠할 수조차 없는 시공
구석기 시대라고 말들 하지만
과연 그들은 존재하였을까
연천 전곡리 선사유적지

통상 약 5천년전 신석기 유적
선사시대와 역사시대 접점
그래서 선사유적을 접해도 친근감
그러나
20만년전. 글쎄 가늠이 잘 안 온다

가슴이 먹먹해져 오고
과연 인류는 어디서 왔다가
우리는 어디로 또 가는지
허허벌판에 서서 바람을 맞는다
갈대가 가을 햇빛에 흔들리고

도토리 주워 아슐리안 주먹도끼
돌 위에 놓고 힘껏 쳐본다
"딱" 소리에
선사인 같은 마음 가져본다
우리는 어디로 가는지…

연천 전곡리 선사유적지

연천 전곡리 유적 방문자 센터

연천 재인폭포

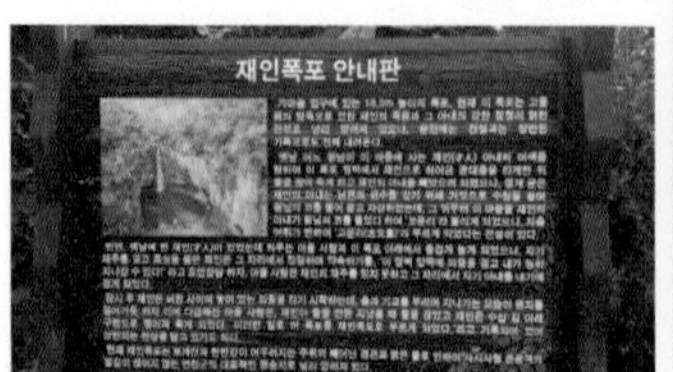

선사체험 마을

전곡리 유적지 바로 옆 한탄강유원지

구석기 시대 선사인 생활상 및 동물 모형

고롱이와 미롱이

아슐리안 주먹도끼

전곡 선사박물관 내부

전곡리 토층 전시관

전곡 선사박물관 입구

요석공주 슬픈사랑

자재암 전경

의상대사와 당나라 유학길
해골 물 마시고 해탈
큰 깨달음 얻은 순수 국내파
"나무아미타불" 암송만 하면
누구나 성불하여 부처

요석공주와 사랑 후 설총 얻고
깨달음 떨어져 부족함
다시 천하주유 만행
경기도의 소금강산 소요산
원효굴, 원효폭포, 원효대, 원효샘

온 산에 흩뿌려 놓았다
원효대사
사랑하는 여인과 자식을 버리고
요석공주는 산 밑 별궁지에서
먼발치 간절한 기도만
자재암 알고 있을까

경주 서라벌에서 천리길
동두천 소요산 자재암
독성암 옆 옥류폭포 물줄기는
예나 지금이나
한결같이 떨어져 흐르는데

절 아래 산밑 애기단풍나무
벌써 빨간 단풍물 들어
시류에 흔들리고…

해탈문 나가면 원효대사 좌정하고 참선 수행하던 원효대

108개 계단

원효폭포

배흘림기둥에 목어라

바로 앞에 관세음보살 친견한 관음봉

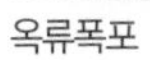

옥류폭포

쌍사자석등과 독성암

간절한 민초들의 돌탑들.

자재암

추담선사 부도비 및 부도

요사체

해탈문 바로 밑에 원효대사 휴식처 겸 좌선 장소. 원효대 바위 암좌. 여기서 요석공주 별궁지를 바라보셨나?

자재암 대웅전

원효굴

원효굴과 좌측에 원효 폭포

서거정 동방 제일 사찰

운길산
수종사

운길산 수종사

운길산 수종사 일주문

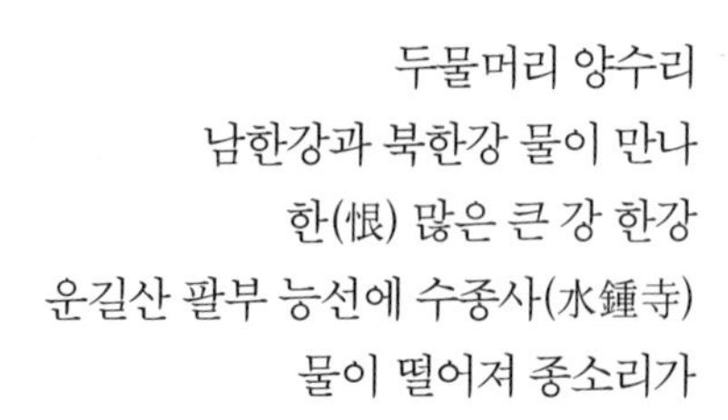

두물머리 양수리
남한강과 북한강 물이 만나
한(恨) 많은 큰 강 한강
운길산 팔부 능선에 수종사(水鍾寺)
물이 떨어져 종소리가

금강산 순례 후 돌아오는 세조
양수리 부근에서 저녁 종소리에
올라오니 암굴에서 떨어지는 물소리
가을비 오는 새벽녘 운길산
운무에 오롯이 수종사
서거정이 동방사찰 제일 전망 격찬

한음 이덕형이 나라 걱정에
사제촌에서 고뇌하며 오르던 길
굽이굽이 돌아 오르면 장관
유장한 두물머리 물줄기 일렁
장쾌한 광주산맥 산허리 꿈틀

부도는 고승 유골 사리를 모시는 곳
태종의 다섯째 딸 정혜옹주
특이하게 부도로 남아 수종사
대웅보전 옆에 머물러 있다

정혜옹주 죄 많은 세조를 불러
삼정헌에서 차 한잔 따르고
좋은 일 많이 하라고…

삼층 석탑

태종의 다섯째 딸 정혜옹주 석조부도

미륵불

산령각 오르는 계단 최근 불사

삼정헌

팔각오층석탑(보물)

선불장

대웅보전

산령각

경학원

범종각과 은행나무, 밑으로 북한강 흐른다.

수종사 전경

함왕성지 “함왕혈”

용문산 사나사

고려 태조 때 창건 된 것으로 추정. 고려 공민왕 때 태고 보우 원증국사가 중창

남한강 거슬러 양평으로
옥천에 이르면 옥천 면옥
삼대 이어 그 맛 그 냉면
더 오르면
용문산 끼고 내리는 용천
함왕혈 함왕성지

용이 드나드는 용문산
함왕산성 밑 사나사 계곡
사나사 자리 잡고 있다

태고 보우 원증국사 부도비
한국전쟁의 처절함을 온몸으로
부도비는 깨지고 비록 구멍이
부도는 옹골차게 서 있다
항일 의병지이고 한국전쟁
치열한 격전지였지만
사나사 계곡은 언제나 포근 포근

함왕산성을 쌓을 때
함왕혈을 성 밖으로 쌓아서
고려 개국공신의 함씨 왕족이
멸망하였지만 무심한 삼층석탑은
원증국사를 내려다보며

역사는 늘 그렇게 흐른다고
지금 사나사 계곡 흐르듯…

용문산 사나사 일주문

삼층 석탑

태고 보우 원증국사 부도비 비각

미륵불상

함왕혈

범종각

범종각과 요사체.

사나사 사적기 최근 조성함

삼층석탑과 원증국사 부도 및 부도비 전경

함씨각

용문산에서 흘려 내리는 용천. 사나사 계곡
저 위 바윗담 함왕혈 함왕성지 있다.

삼배구고두례 "반석"(磐石)

남한산성
행궁

남한산성 행궁 전경

청나라 병자호란
조선은 누란의 위기
인조는 남한산성에 숨어 있다
남산산성 서문으로 내려와
삼배구고두례(三拜九叩頭禮)
삼전도 치욕적 인 항복

주전파와 주화파
47일 간 백가쟁명 떠들기만
무엇이 나라를 구하는 길
그들은 준비되어 있지 않았다
아니 대처 방법을 몰랐다

그들은 선비인가?
그들은 백성의 지도자인가?
민초들은 누구를 믿고
어디로 가야 하는지
반석(磐石). 넓고 평평한 너럭바위

청나라 오랑캐 오만함에
사무치는 뒤늦은 후회를
내행전 뒤 재덕당 옆 바위에
반석처럼 종묘사직이
오래가기를 바라며 새겼다

반석은 그 바위에 있는데
오늘 우리들의 "반석"은
어디다 새겨야 할까…

남한산성 행궁 내 "반석" "넓고 평평한 큰바위" 뜻
병자호란 당시 내행전 뒤 재덕당(나라의 안위 등,
제를 올리는 사당으로 추정) 옆 바위에 암각화 됨

통일신라 시대 주장성이였을 것으로 추정되는 곳
에서 출토된 통일신라 시대 기와. 저 정도의 기와
크기의 무게를 이기려면 건물 기둥 및 대들보 등
행성 건물이 튼튼해야 함.

좌전

종묘와 사직을 모실 수 있도록 좌전과 우실을 마련하였다.

마의태자 은행나무와 정지국사

용문산
용문사

용문사 전경

서라벌 천년 사직 신라
왕건 고려에 의하여
역사 속으로 사라졌다
베옷 즉 마의(麻衣) 걸치고
개골산으로 숨어 들어간
비운의 태자 마의태자

용이 올라 들어간 용문(龍門)
용문산 용문사
나라 잊은 마의태자 슬픔
힘에 겨워 던진 지팡이
천년동안 살아 있었다
용문사 은행나무

무학대사 동문수학
은둔 수행자 정지국사
천마산 적멸암에서 입적 다비
수제자 꿈에 나타나 사리 수습을
용문사 언덕에 부도로 남아
너무 나대지 말라고…

역사는
말로만 하는 것 아니고
말 없는 진솔한 실천 행
정지국사는 선배 마의태자에게
국가는 무엇인가?
은행나무 지켜보고…

일주문은 용문(龍門)

용문사 은행나무(천연기념물)
우리나라에서 가장 크고 가장 오래된 나무
수령 약 1,100년 정도 은행나무는 나라에
변고가 있을 때 울었다고 함

용문사는 한국전쟁 당시 용문산 전투로 철저히 훼손되어 그 후 다시 복원한 사찰임. 정지국사 부도 및 부도비 이외는 근세 복원 사찰

정지국사 부도(보물)

용문사 입구 안내문

금향원 내부

금향원

자비무적(慈悲無敵)

관음전

미소전

부도전 전경

관음전 금동보살 좌상(보물)

범종루

지장전

2018년 5월에 갔더니 사천왕문이 새로 건립

삼층석탑

정지국사 부도비 (보물)

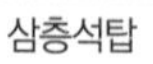

석씨원류 응화사적 목판

불암산
불암사

불암산 불암사 전경

큰 바위 봉우리가
여승이 모자 쓴 부처 같아서
불암산 일명 천보산
"석씨원류응화사적목판" 탄생지
불암산 불암사

불암사 일반 경판은 간직하면서
왜 보물로 지정된 경판은
조계사 불교중앙박물관에
보존 문제이겠지만 아쉽다
경판 흔적만…

불암사 대웅전 뒤편에
마애삼존불과 오층석탑은
불암산과 하모니를 이루지만
어쩐지 경판을 못 보니
무심한 등산객이나
하등 다를 바 없구나

젊은 친구들처럼
하트 모양 소원지
마애삼존불 앞에 붙여야 되나?

불암사 제월루

제월루 밑으로 저 멀리 삼층석탑과 대웅전

삼층석탑과 불암산 전경

대웅전 오르는 계단의 용머리 돌

포대화상

스님들 거처 요사체

감로수

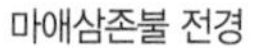

마애삼존불 전경

오층석탑과 불암산 전경

불암사 사적비

십이지신상과 마애삼존불

원종대사 부도비 및 부도탑

여주 고달사 지

현재 조계종 고달사

여주 천서리 이포대교
바로 하류에 이포보가 있다
웬 우주에 온 것 같은
덩그러니 타원형의 건축물이
어느 스님이 백로알이라고 귀띔
그것은 여주 북내면에
천연기념물 백로 서식지가

도(道)의 경지를 통달한
여주 혜목산 고달사(高達寺) 터
고려시대 사방 30리 땅은
모두 고달사지 소유였다고 하는데
너른 터 위에 잔디만 무성
휑하니 큰 대좌와 부도비가 있다
원종대사님 "석등 찾아 올까요?"

봄철이 되면 주변이 노랗다
그리고
가을철 주변은 빨간색으로
산수유가 있기에
고달사터 쌍사자 석등은
용산 국립중앙박물관에 있지만

삼라만상 인간사 늘 변하는데
마음의 불빛 쌍사자 석등
어디로 찾아 가야 하는가?

고달사 지 원종대사 부도비의 귀부와 이수 (보물)

귀부와 이수는 우리나라에서 현존 하는 것 중 가장 크고 태산 같은 역동적 힘이 넘친다.

고달사 지 원종대사 부도(보물)

고달사 지 부도(국보)

고달사 지 쌍사자석등(보물)

도(道)의 경지를 통달한다는 고달사(高達寺) 고려시대 사방 30리 땅은 모두 고달사지 소유. 고달사는 구산선문 중 봉림산파 선찰로 고달선원으로 불렸다.

고달사 지 석불대좌(보물)

감로수

고달사 지 석조

한글 현판 "큰법당" 교종 수사찰

봉선사

봉선사 전경

수양대군 세조
조카인 단종을 폐위시키고
무서웠을까
자신의 묻힐 자리 광릉을 정하여
운악산 기슭 금표를 치고
백성들의 출입을 금함

아이러니 그곳이 잘 보존되어
천연기념물 크낙새가 사는
광릉 국립수목원 그리고
조선 제7대 세조 광릉 원찰
명종 시절 교종수사찰
봉선사가 있다

춘원 이광수
납북되어 생사 불명
독립군 출신 운허스님은
대웅전을 한글로 "큰법당"
그리고 춘원 이광수 기념비를
절 입구 부도비 옆에 세웠다

왜 그랬을까?
세조의 비 정희왕후가 심은
500년 느티나무는 알고 있을까
"용서"
절 앞 연못 연꽃은 지금 없다
자비만…

큰법당 영역 올라가는 돌계단. 궁궐 건축 양식 태극문양

봉선사 템플스테이 명상의 길에 있는 조형물

봉선사 현판을 예종이 직접 썼다고 하나 예전의 현판은 남아 있지 않고 "큰법당" 현판만…
봉선사(奉先寺) "선왕의 능을 받들어 모신다" 奉護先王之陵에서 유래되었다고 봉선사는 근처에 있는 세조 광릉의 원찰이다.

하마비

춘원 이광수 기념비
춘원 이광수 금강산 답사 길에 월하스님 인도로 법화경 심취 또한 사촌형인 운허스님 불교 영향 "원효대사" "꿈" 등 불교 소설 쓰고 대장경 역경함

교종 본찰 봉선사 | 조선 제8대 예종 1년(1469) 세조의 비 정희왕후가 중창하고 봉선사로 개명, 명종 6년(1551) 교종수사찰(敎宗首寺刹) 명명. 명종7년 승과고시 교종시 실시한 장소로 추정. 승려교육 진흥을 위한 교종의 중추기관 및 본산. 명종 대 강남 봉은사는 선종수사찰(禪宗首寺刹)

승과원 승과평 터

범종루

감로수

봉선사 절 입구의 부도비 및 부도

절에 궁궐 건축 양식 도입

봉선사 대웅전 큰법당. "큰법당" 한글 현판 사례는 국내 유일할 것임

당간지주

대의왕전

석조 관세음보살 조각상

낙가 보문의 나한석굴

석모도 낙가산 보문사

보문사 전경

외포리 선착장
그곳에 가면 꼭 구입한
필수품 새우깡
갈매기는 석모도까지 따라온다
지금은 벌써 옛 추억꺼리
얼마 전 석모대교가 개통

관세음보살 머무는 남해의 섬
광대무변 서원을 실천하는 곳
낙가(洛迦) 보문(普門)이다
외포리 선착장을 외면하고
석모도 석모대교로 바로 건너는
낙가산 보문사

바다에서 건져 올린 돌인형 전설
옛 어부는 보이지 않고
22분의 나한상을 모신 나한석굴
그 뒤 계단 허위허위 오르면
낙가산 눈썹바위 밑 마애석불좌상
아! 관세음보살

바다는 무한히 펼쳐지는데
강화팔경 서해 낙조 아직 이르고
낙가산 낙가는 그 낙조에
연연하지 않는 듯
생멸(生滅)은 무엇인가
이제 어디로 가야 하나…

1928년 금강산 표훈사 주지 이화응 스님과 당시 보문사 주지 배선주 스님이 함께 조성

마애석불좌상 위에서 내려다 본 전경

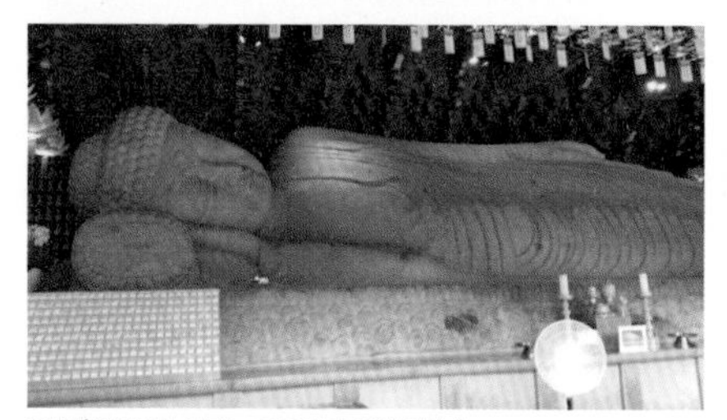

와불(1980년 시작~2009년 3월 완성)

보문사에서 사용한 맷돌

올라가는 계단

나한상 표정들이 다 각각 참 재미있다.

나한석굴 일명 나한전

오백 나한상

나한석굴 내부

범종각 윤장대 법고각

나녀상(裸女像) 보는 도깨비

정족산 전등사

전등사 대웅보전 전경

삼랑성 동문

강화도 정족산 전등사

약사전(보물)

강화도 마니산 참성단이
흘러내리다 맺힌 세 봉우리
세 발 달린 가마솥 같다고
단군의 세 아들이 쌓은 성
정족산(鼎足山) 삼랑성(三朗城)

조선시대 사고 터로도
역사의 한 페이지를 기록하지만
진리의 등불은 시공에 구애 없이
꺼지지 않고 전하여진다는
전등사(傳燈寺) 움틀고 있다
정화궁주 옥등 내력은 있지만

사랑에 배신당한 도편수 증오
추녀를 떠받치는 발가벗은 여인
대웅전 공포 보머리 도깨비가
흘낏 지켜보고 있는데

대조루(對潮樓) 위에서
서해바다 조수는 눈에 안 들고
북송시대 범종은 녹슬어 조용
단지, 저녁 공양 범종 소리만
은은히 마니산 위로 흘러 오른다

양헌수 장군은
이 저녁 어디 계실고…

대웅보전(보물)

전등사 범종(보물)

대조루

죽림다원

나녀상(裸女像)

무설전

범종루

감로수

청동 수조

양헌수 장군 승전비

꽃창살과 툇마루

함허동천 정수사

정수사 대웅보전 (보물)

강화도에 오면
지름길을 잘 알면서도
늘 자동차를 멀리 드라이브
마니산 참성단을 끼고
선수포구를 돌아
석양이 아름다운 장화리, 여차리
그리고 동막해수욕장을 지나

마니산 동쪽기슭 함허동천
그곳에 천년 고찰 정수사
대웅전 바로 옆에
감로수가 철철 흐르고
정수사 오르는 길섶에
상사화 군락지가 있다

대웅보전 사분합문에
진사, 청자 꽃병 목단 문양 꽃 창살
그리고 툇마루 툇간 형식
보기 드문 우리 문화유산

함허 기화대사님 어디 가고
이별화인 상사화는
아직 피지 않고
멀리 서해 바다에
낙조도 아직 멀었다…

대웅보전 편액

일반적인 사찰에서는 볼 수 없는 툇마루

정수사(淨水寺)라는 이름으로 개명하게 된 감로수

삼성각 오르는 길

함허 기화대사 부도탑

근자에 건립한 석탑, 석등 그리고 수국

정수사 절은 본래 만조가 되면 섬이었지만 지금은 육지로 변해 있다. 마당에서 바라보면 서해바다의 전망이 좋다.

금삼의 피 연산군

강화 교동도

연산군 유배지

우리나라 최초의 향교 대성전 출입문인 외삼문

다리 하나가
우리의 일상생활을 바꾼다
군인들로부터 임시출입증 받아
교동대교를 건너다
오른쪽 강 같은 바다 건너
단일민족 북한 왠지 짢하다

금삼의 피 연산군은
화개산 밑 위리안치 유배지에서
두어 달 후 붕어하셨다
탱자나무는 다시 자라는데
죄인 태운 수레는 한양을 향한다

화개산을 타고 넘으면
우리나라 최초로 공자를 모신
교동향교
전교님의 전자오르간 연주
화개산 화개사까지 들리는 듯

읍내리 교동읍성은
몇 개의 돌담으로 흔적만 남아
교동도 교동읍이라고
간신히 알리지만
선정비 비석들 모여서 떠든다

서로 잘 났다고…

서무

동무

명륜당

서재

교동향교

오른쪽 앞에 보이는 구멍은 명륜당 건물 굴뚝 뒤에 보이는 부속건물 동재의 굴뚝들

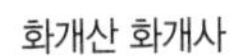

화개산 화개사

화개사 법당

대성전

벽계구곡과 노산팔경

화서 이항로 선생 생가

조선말 성리학자이며 위정척사 사상의 대표 학자. 화서 이항로 선생이 태어나고 사시던 생가. 약 250년 전에 지어졌다.

정학을 지키고
이단인 사학을 배척하는
유교의 이념 위정척사 사상
구한말 외세의 개항압력이 거셀 때
민족주의적 의식과 항일의병 운동
후학들에게 그 가르침을 일깨우신
화서학과 화서 이항로 선생

벽계구곡과 노산팔경이 있는
벽계마을 화서 이항로 생가
매번 오고 또 오지만
선생의 나라 사랑하는 마음과
수많은 후학 인재들은 다 어디 가고
오늘도 쓸쓸함만 감돈다

벽계강당 쩌렁쩌렁 선생 없지만
벽계구곡에서 천렵하는 풍경은
옛 모습이나 지금이나…
인간사는 똑같은 것 같다
단지, 버스정류소 위에 걸린
"安平去 安平來"
우리 마음 어디가 편안할까?

그곳에 가고 싶다
초복. 이 여름에…

노산팔경 안내도

제1경 "제월대의 밝은 달"

화서 기념관.

노산팔경 쉼터

벽계강당

제월대 표지석

벽계강당 옆 출입문

노산사 사당

기념비

화서 이항로 선생 생가와 벽계강당 전경.

여주 계신리 마애여래입상

석불암

여주 계신리 마애여래입상

천서리 막국수 매콤함보다
더 아린 어린 단종의 슬픔이
물안개 피는 이포나루에서
산 따라 오르는 파사산성을 바라본다

영월 유배길 단종이
얼마나 애가 마르고 속이 탔으면
울음을 참고 마신 "어수정" 우물터
한 바가지 들이키고

그 모든 것을 강 건너에서
묵묵히 지켜보았을 여주 쪽
부처울 석불암 남한강 암벽
"계신리 마애여래입상" 계신다

강원도 상류에서 한양까지 뗏목 길
그 뗏목꾼 안전 기원제 받아 주시며
영월에 계신 노산군 단종
억울하고 보고 싶은 그 사연들
한양 낙산 정순왕후 송씨에게
전하여 주셨으면…
오늘도 장맛비가 온다.

마애여래입상 안내문

마애여래입상 앞 전경

채송화 비에 젖어…

마애불에서 왼쪽으로 바라보면 저 멀리 남한강

석불암 전경

맷돌 그리고 화장실

양주 천보산 회암사지

회암사지 절의 생활공간 살림살이, 이 앞에 우물지 발견. 3천명 스님, 일하는 공양주,
절에 오는 중생 등, 그 많은 사람 공양을 하려면… 생활공간 크다.

고려 말 조선초
전국 사찰의 총 본산
1만평 사찰부지와 3천 명 스님
천축국 나란타사 꼭 닮았고
굴곡진 역사의 거친 회오리
그 변곡점마다 울림이 크던
천보산 자락 회암사 폐사지

우물지

오랜 폐허지의 잡초더미 속에서
문화재 발굴사업 후
세수하고 다시 나타난 폐사지
그런데
초등학교 과학관에서 얼핏 본 듯한
반도체 회로판… 이 느낌 뭘까?

괘불대

경기도 광주사람
후손의 풍수 음택 발복을 위하여
폐사되어 쓰러져 가는 절을
다시 자빠뜨려 가문의 묘 택지로
그 결과 삼화상 지공, 나옹, 무학
쫓겨났다

회암사지 이름 없는 부도탑 앞에서
이름 모를 비구니 두 스님
간절히 기원 또 기원하고 계신다
돈, 권력, 명예 얻고자 욕심 가지고
불쌍한 민초들 쫓아낸 욕심쟁이
그 중생들을 위하여…

계단석

절 외곽의 배수시설 참 석재로 정교하다. 옆에 석조가 놓여 있어 어떤 용도인지?

화장실 터. 옆에 배수시설이 있어 혹시 수세식? 최대 16명이 사용 가능한 것으로 추정

가운데 산기슭 회암사지 부도탑. 원래 거기에 삼화상 지공, 나옹, 무학 부도탑 등
부도전이 있었을 것으로 추정

회암사지 맷돌

당간지주

사각 네모 위에 불을 밝히는 장치

석조

회암사지 박물관

회암사지 출토 잡상들

청동금탁

부도 하대석에 다른 부도에서 볼 수 없는 천마상

약 500년 전이지만 배수시설

선각왕사비와 무학대사 부도

회암사

선각왕사 부도비(모조비)

회암사지에서 약 800미터
더 들어간 천보산 중턱 자락에
순조 28년 회암사지 이름을 물려받고
쫓겨난 삼화상 돌아온다
지공화상, 나옹선사, 무학대사 그들
그곳에 회암사가 있다

폐사지 회암사지와 지금 회암사는
약 700년 역사의 간극이 있다
그러나 그곳에 가면… 기쁘다
지공화상 부도비, 부도탑, 석등
나옹선사 부도비, 부도탑, 석등
무학대사 부도비, 부도탑, 쌍사자석등
있기에…

그러나 이 슬픔은 뭘까?
지공화상, 무학대사 원래 부도비는
쫓아낸 사람들 덕분에 훼손되어 없고
선각왕사 즉 나옹선사 부도비는
1997년 성묘객 산불로 귀부만 남고
보물인데…

회암사 폐사지 있던 두 비구니 스님
혼 내줘야 하는데… 어디 가시고?
늙은 노파 보살님만 허리 굽은 상태로
자식 기원을 하기 위하여
힘겹게… 정말 힘겹게
돌고 또 돌고… 부도탑!

무학대사 쌍사자석등과 부도탑(보물)

무학대사 부도비

부도비

1997년 성묘객의 실수로 산불. 비신은 불타고 귀부 부분만 남아 있는데… 까맣게 그을렸다. 비신은 현재 국립문화재 연구소 복원 보존 처리되어 조계사 불교중앙박물관에 보관되어 있다.

회암사 전경. 뒷산이 양주 천보산

회암사 계단 담장

여주팔경 마암어등

여주 "마암"

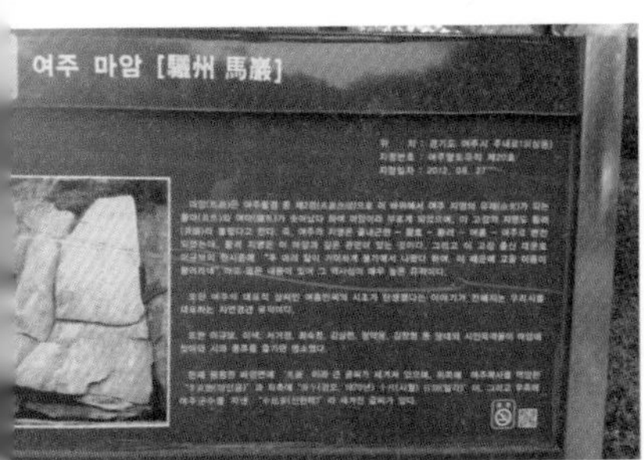

여주 창리, 하리 삼층석탑(보물)

여주팔경 중 제2경인 "마암어등"
마암에 고깃배들이 밝힌 불빛
황룡마와 려룡마 두 마리 말이 나와서
옛 여주 지명 그리고 신륵사 전설
명성황후 여흥민씨 시조 탄생 구전
여주 마암(馬巖)

지금 황포돛배만이
여강가 조포나루 마암 앞에 떠 있다
예전 여주군청 정문이었던 영월루
창리, 하리 고려시대 삼층석탑은
이웃마을에서 전학하여 온 전학생
문화재는 있던 자리가 더 잘 어울리는데
여기저기 끌어 모아서 "영월공원" 글쎄
여기는 마암만으로도 충분하지 않은가
굳이 돈 들여 덧칠을 안 하여도
아름다운 우리 문화를 재조명할 수 있다

해지는 영월루에서 남한강 거스러
금은모래 강변공원 어스름 물안개 오르고
건너편 봉미산 자락 여주 신륵사
저녁 예불 종소리에 묻혀 은은히
오늘도 황포돛배는 무심히 그렇게
여강 마암.
오히려, 그 눈 맛이 좋다…

영월루 | 본래 여주군청 정문. 1925년 군청 청사 신축으로 파손을 우려해서 이곳으로 이전 중수함

여흥민씨 시조 "민칭도"가 마암바위에서 나왔다는 구전도 있다.

영월루에서 오른쪽은 금은모래 강변공원 왼쪽은 남한강 건너 숲속 여주 신륵사

영월공원 내 6·25 참전기념비 탑

다산 정약용 "중용" "실학"

다산 생가 여유당

다산 정약용 생가 여유당 전경

1836년 2월 22일 오전 8시경
풍산 홍씨 회혼일
즉 결혼 60주년 기념일
그날 가족들 곁에서 눈을 감았다
다산 정약용

조선시대 르네상스 정조대왕
약관 23세 다산. 그는 어전에서
정조에게 "중용"을 강의했다. 왜?
지금 이 시대에 중용이 왜 중요한지
또한 실사구시 학문 "실학"은… 왜
오늘, 정치 지도자 되돌아볼 일이다

새도 편안하다는 남양주 鳥安면 능내리
옛 광주군 초부면 馬峴리 즉 마재
그곳에 다산의 생가 여유당(與猶堂)과
그의 영원한 유택 안식처 묘가 있다
두물머리 합수지점 양수리
남한강과 북한강이 만나는 곳

다산 선생님 우리에게
두물머리에서 한강이 어우러지듯…
더불어 살라고 그렇게 살고 싶다.
여유당 앞 한강 팔당호… 바람이 스친다
한강은 오늘도 흐른다

다산 정약용 동상

여유당 편액

다산 정약용 유택 풍산 홍씨 부인과 합장묘

묘지 비석 앞에 수많은 나무 의자들

유배지에서 돌아와 약 17년 간 여기서 말년을

우물과 장독대. 소담한 느낌

녹로와 거중기

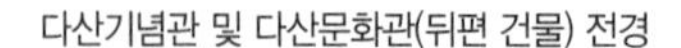

다산기념관 및 다산문화관(뒤편 건물) 전경

다산 정약용 사당 "문도사" 전경

여유당 전경

샤스타데이지 하얀꽃

이천 설봉산 영월암

이천 설봉산 영월암 마애여래입상(보물)

숨을 헐떡인다
샤스타데이지 하얀꽃을 힐끗 보며
마지막 고비 산죽길을 오르면
마애여래입상이 지그시 내려다보시고
이천 설봉산 영월 낭규대사가 중창한
영월암 아! 마애여래입상

마애 여래다? 마애 조사다?
그것은 무엇이 중요한가
우리들 바라보는 마음이 중요한 것을
중생들아!… 나옹선사 일갈하시고
이호우 시인의 살구꽃
어디에 피어 있는가?

설봉공원 중앙 입구에 있는
관고리 오층석탑
아마 이 일대가 다 사찰터이었을 듯
그리고 영월암은 말 그대로 암자
관고리 저수지에 "사랑해" 푯말은
서로 투닥대지 말고
더불어 살라는 부처님 가피 아닐까?

대웅전 뒤 마애여래입상

어느 이름 모를 스님 부도탑

영월암 전경

영월암 절 입구

오른쪽 큰 나무가 나옹선사가 지팡이를 꽂아 심었다는 640년 은행나무

감로수

설봉공원 관고리 저수지

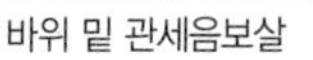

바위 밑 관세음보살

삼층 석탑

관고리 오층 석탑. 고려시대 작품

설봉서원 전경

설봉공원 이천시민의 탑

삼성각 굴뚝

석조광배와 연화좌대는 신라시대 작품 추정

삼성각 뒤 바위를 깎아 감실을 조성

이천시립 월전미술관

위패 모시는 곳

민초의 마음

이천 장암리 마애보살좌상

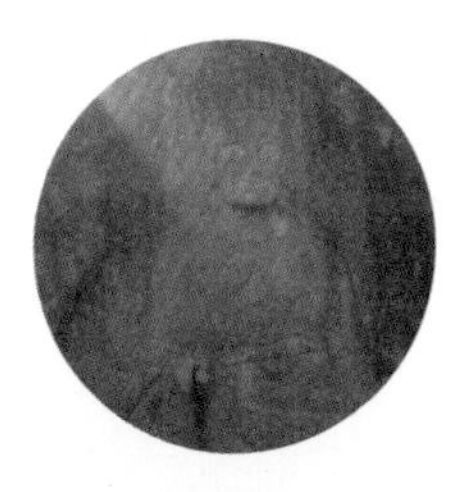

장암리 마애보살좌상 (보물)

예전에는 구불구불 지방도로 가는 길 옆
지금은 국도 확장 사업으로 훤하지만
논과 밭 한켠 외로이 뒷길
太平 興國 6年 銘
고려 경종 6년 981년
하남 교산동 마애약사여래좌상 4년 뒤 탄생
이천 장암리
마애 보살 좌상… 관세음보살

흙먼지가 날리고
햇살은 뜨거운데
민초의 마음을 어루만지는
현세 구복 관세음보살을 배알하기 위해서는
가지 않는 길을 마다하지 않는다

거기에
부처님의 길이 있기에
마침 햇빛이 마애보살 얼굴만 비춰 주고
"나무아미타불 관세음보살"
광명기복을 구한다 우리들의
금계국 들꽃도… 옆에서 살며시 미소로

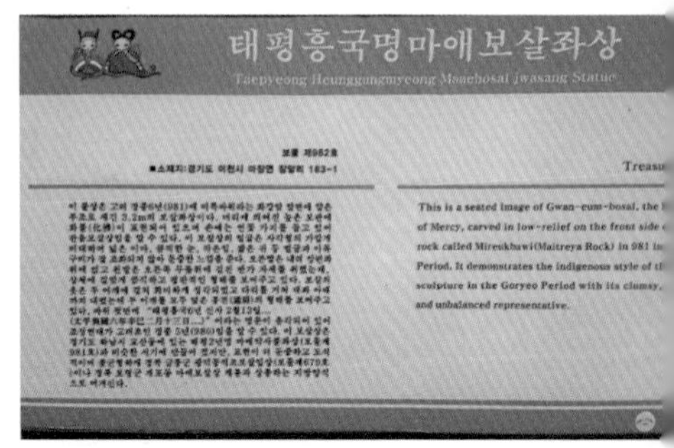

안내문

"무망루 편액"과 "서흔남 묘비"

남한산성

수어장대 | 동서남북 4개 장대 중 유일하게 남아 있음

남한산성
색색 등산복 입은 시민들 유명 휴식처
유네스코 세계문화유산 등재 도립공원
으쓱으쓱 그러나
병자호란 47일 비운의 산성

수어장대 2층 내편 문루 "무망루" 편액
인조의 병자호란 시련과 삼전도 치욕
효종의 청나라 심양 볼모 8년 원한을
후세에 "절대 잊지 말자"는 영조의 다짐

남한산성 관리사무소 한쪽 구석에 쓸쓸히
처박혀서 방치되어 있는 "서흔남" 묘비
누란위기의 국가 환란 시기에 의연이 일어선
무지렁이 백성들의 임금 즉 국가에 충성심

오늘날 두 가지를 모두 잊고 있다
영조의 "무망루"라는 국가 안보 리더쉽
"서흔남" 묘비 방치 국민 안보의식 분열
무망루 누각 옆에
건국 대통령 이승만 행차 기념식수 비
무엇을 기념한다는 것인가?
매바위 이회 장군이 "매" 한 마리를 보내어
콕 콕 쪼라고… 한다

별도 누각안에 무망루 안내문

무망루 편액 및 안내문 보관 누각

수어장대

무망루 편액

서흔남 묘비

매바위에 새긴 "수어서대" 글씨

청량당

하남 교산동 마애 약사여래좌상

선법사

선법사 전경

하남 객산 자락
남한산성 벌봉쪽 등산 출발지
교산동 선법사

천년고목 밑으로 흐르는 약수 한 컵
온조대왕 어용샘
다람쥐가 손을 비비며 반겨주는데
노스님이 합장하며 다가선다
고려시대 전기에 조성된 것으로
약사마애불 형식으로는 우리나라 유일
교산동 마애 약사여래좌상

약사여래는 손에 약합을 들고
중생들의 아픈 곳을 어루만지는 약사불
우리 마음의 병도 치유하실까?
삶에 지친 현대인들의
몸과 마음을 두루 보살펴주시기를
애절함을 가지고 간절히…

하남 교산동 마애 약사여래좌상(보물)

마애 약사여래좌상 전경. 좌측에 명문 "태평이년정축칠월이십구일" 즉 고려시대 경종 2년 977년이다.
천년의 세월 비바람을 맞으며 거뜬

마애 약사여래좌상 전경

주말에는 약수객이 줄을 선다.

백제 위례성 어디인지

하남 춘궁동 "동사" 지

하남 춘궁동 "동사" 지 고려시대 석탑

고곡 또는 궁터 마을
여기 분들은 고골이 더 친숙하다
하남 춘궁동 동사 지
그곳에 고려시대 석탑이 마주보고 있다

패배한 역사는 철저히 사라지는가?
백제의 흔적은 없다
아니. 지웠다!
백제 한성의 초기 위례성 어디인지
고골 낚시터 일없는 강태공은 관심 없다
월척만 올라온다면… 삶이라고
백제든 신라 또 고려든 어느 나라면 어떠냐
지금 "삶"이 중요하다고

역사의 흐름과 흔적… "국가"
무엇이 중요한가 되뇌어본다
이성산성에서 멀리 남한산성을 바라보며
곱씹어 본다
오늘 지금 이 시대 상황을
이름 없는 마애불 불두는 묵묵부답…

동사 지 삼층석탑(보물)

동사 지 오층석탑(보물)

이름 없는 마애불 불두

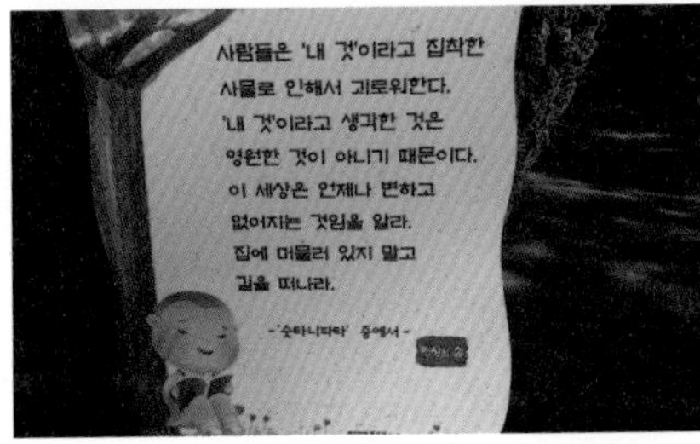

다보사에서 나무에 걸어놓은 좋은 글귀

근현대에 창건한 다보사 전경

나옹선사의 처연함 묻은

여주 신륵사

다층석탑 앞 구룡루 | 9마리 용이 승천한 신륵사 창건설화를 간직한 곳

여주 봉미산 자락
신륵사
고려 말 나옹선사의 처연함이 묻은 곳
보물 7점 여강가에 머물고 있다

옛 시절 강줄기 따라 사람과 물류가 흐를 때
여강 조포나루는 국가의 대동맥
뗏꾼과 들병이의 애증사랑이 묻히고
오가는 나룻객 회포가 서리서리 어린 곳
삶의 애환이 서린 민초들 왁자함 찾을 길 없고
관광용 황포돛대 나룻배 덩그러니
촌노 뱃꾼 담배연기만 어지럽다

나옹왕사 왜? 밀양 영원사로 가는 중
봉미산 신륵사에서 발을 멈추고
여강가 강월헌 삼층석탑에서 다비하였을까
조사당 안 나옹선사는 침묵 속
"청산은 나를 보고 말없이 살라 하고
창공은 나를 보고 티 없이 살라 하네"라는
시조만 상기 남아 회자되니
황포돛대 나룻배 나루객 하나 없이
외로움 펄럭이는 여강 조포나루
무심한 강바람만 비켜 분다

남한강은 오늘도 유장하게… 흐르고

"탐욕도 벗어놓고 성냄도 벗어놓고
물같이 바람같이 살다가 가라 하네"
그렇게…

나옹선사 다비터 삼층석탑

다층 전탑(보물)

강월헌과 삼층 석탑

조사당(보물)

600년 향나무와 조사당

보제존자 석종(보물)

보제존자(나옹선사) 석종비(보물)

지금의 남한강인 여강 조포나루

시인 묵객들이 묵어 간 적묵당 굴뚝

보제존자 석등(보물)

여강가 강월헌

대장각기비(보물)

정말 소소한 말년의 삶

과천
과지초당

과천 과지초당 전경

추사 김정희
71세에 봉은사 "판전" 추사체
남기고 3일후 적멸하셨다
외롭고 쓸쓸한 귀향 제주도 시절
그는 떠나도 "세한도" 오늘 남아 있다

예전에 오이밭이 지천이어서 "과지"
즉 과천 과지초당 주련에 남긴
"大烹豆腐瓜薑菜 高會夫妻兒女孫 "
좋은 반찬은 두부 오이 생강 채소이요
훌륭한 모임은 부부 아들 딸 손자라

정말 소소한 말년의 삶
나도 세월이 많이 지나 말년에
이런 삶을 살고자 하는데
과욕인가…

추사 김정희 선생

에필로그

모든 일에는 항상 아쉬움이 남는다.

"떠나보자, 저 끝 묻지말고 나의 문화유산 여행 서울·경기도편"을 출간하면서 가급적 많은 정보와 사진을 넣으려고 하였으나 책의 쪽수 한계로 부득히 서울편 10곳, 경기도편 27곳을 뺄 수밖에 없었다.

별첨으로 제목만 소개하니 별첨 및 저의 블로그를 참고하시어 즐겁고 행복한 우리 문화유산 여행이 되시기 바랍니다.

아울러 제 글을 읽어주셔서 다시 한번 감사드립니다.

또한 충청 · 강원도편, 전라도편, 경상도편 출간을 위하여 더욱 알찬 내용으로 열심히 노력하겠습니다.

블로그 주소

우리 문화유산 여행. 별명 : 부엉님 김재봉

Blog.naver.com>kjbpso

별첨

서울편

1. 나 돌아가고 싶다 – 세종대왕 기념관
2. 이방자 여사. 감 떫었나 – 창덕궁 낙선재
3. "마음의 정원" 떠나 극락교 – 북한산 진관사
4. "석파정 사랑채" 왠 음식점 – 석파랑(石坡廊)
5. 울밑에 선 봉선화. 네 모양 처량 – 홍난파 가옥
6. 둔촌 이집(李集) 웃다 – 둔촌동 유래 "둔굴"
7. 꿈마을 몽촌(夢村) 토성 – 올림픽공원
8. 강감찬 장군 낙성대 – 관악산 낙성대공원
9. 바우절 "구암서원" – 서울 암사동 선사유적
10. 헌릉 소전대(燒錢臺) – 대모산 헌인릉

경기도편

1. 콩돌해안과 사곶해변 – 백령도 천연비행장
2. 서해 해금강 두문진 – 용트림 바위 백령도
3. 효녀 심청각과 백년 중화동교회 – 백령도
4. 북한산 가장 잘 보이는 절 – 고양 흥국사
5. 고려 팔만대장경 판각 – 강화 선원사지
6. 봉(奉)씨 시조 전설 – 강화 봉은사지 두 보물
7. 김상용 선생 지키지 못하고 – 강화산성
8. 수원 화성 박물관
9. 화살, 연기 오르지 않게 – 연무대 와 봉돈

떠나보자, 저 끝 문지 말고

우리 문화유산 여행

초판 1쇄 발행일 | 2019년 7월 24일
2쇄 발행일 | 2019년 8월 21일

지 은 이 | 김재봉
펴 낸 이 | 노용제
펴 낸 곳 | 정은출판

출판등록 | 2004년 10월 27일
등록번호 | 제2-4053호
주　　소 | 04558 서울시 중구 창경궁로 1길 29 (3F)
대표전화 | 02-2272-9280
팩　　스 | 02-2277-1350
이 메 일 | rossjw@hanmail.net

ISBN 978-89-5824-393-9 (03810)

값 14,000원